王 家 新 译 文 系 列

Анна Андреевна Ахматова

(1889—1966)

Осип Мандельштам

(1891—1938)

Борис Пастернак Марина Цветаева
(1890—1960) (1892—1941)

[俄]
阿赫玛托娃
曼德尔施塔姆
帕斯捷尔纳克
茨维塔耶娃
著

王家新 译

我们四个

广西师范大学出版社
·桂林·

我们四个
WOMEN SI GE

图书在版编目（CIP）数据

我们四个 /（俄罗斯）阿赫玛托娃等著；王家新译. 桂林：广西师范大学出版社，2024.9. --（王家新译文系列）. -- ISBN 978-7-5598-7217-3

Ⅰ. I512.25

中国国家版本馆 CIP 数据核字第 2024V11A02 号

广西师范大学出版社出版发行

　广西桂林市五里店路 9 号　　邮政编码：541004

　　网址：http://www.bbtpress.com

出版人：黄轩庄

全国新华书店经销

湛江南华印务有限公司印刷

　广东省湛江市霞山区绿塘路 61 号　邮政编码：524002

开本：880 mm × 1 230 mm　1/32

印张：15.375　　　　　　字数：115 千

2024 年 9 月第 1 版　2024 年 9 月第 1 次印刷

印数：0 001~5 000 册　　定价：58.00 元

如发现印装质量问题，影响阅读，请与出版社发行部门联系调换。

(卷首诗)

科马罗沃速写[1]

啊哀哭的缪斯
　　——玛丽娜·茨维塔耶娃

安娜·阿赫玛托娃

……我在这里放弃一切,
放弃所有来自尘世的祝福。
让树林里残存的躯干化为
幽灵,留在"这里"守护。

我们都是生命的小小过客,

---

[1] 这是阿赫玛托娃在其晚年怀念友人所写下的一首名诗。诗中的"两个声音"应是指曼德尔施塔姆和帕斯捷尔纳克,诗最后的"玛丽娜"指的是诗人玛丽娜·茨维塔耶娃,茨维塔耶娃曾创作有名诗《接骨木》。因此有的英译把这首诗译为《我们四个》。在整个世界范围,人们普遍认为曼德尔施塔姆、阿赫玛托娃、帕斯捷尔纳克、茨维塔耶娃这四位诗人代表了20世纪俄苏诗歌的风貌和成就。

活着——不过是习惯。
但是我似乎听到在空气中
有两个声音在交谈。

两个？但是在靠东头的墙边，
在一簇悬钩子嫩芽的纠缠中，
有一枝新鲜、黑暗的接骨木探出
那是——来自玛丽娜的信！

1961 年 11 月 19—20 日，在医院里

目 录

安娜·阿赫玛托娃诗选

春天里傲慢的勇气（一首诗的片段） / 005

枕头的两边 / 006

读《哈姆雷特》 / 007

你那疯狂的眼神 / 008

他一生最爱三样东西 / 009

普希金 / 010

在深色的面纱下她绞着双手…… / 011

我活着，像一只闹钟里的布谷 / 012

仿佛用一支麦秆，你吮吸我的灵魂 / 013

爱 / 015

我已学会简单明智地生活 / 016

傍晚 / 018

在这里我们都是酒鬼，贱妇 / 019

我拥有某种微笑 / 021

被爱的女人可以有很多要求 / 022

你能否原谅这十一月的日子？ / 024

在彼得神奇的城市里 / 025

致亚历山大·勃洛克 / 026

孤独 / 028

尘世的名声如一缕轻烟…… / 029

缪斯走下了这条小路 / 030

我不再微笑 / 031

我不在意这些冒犯的评论 / 032

祈祷 / 033

为什么你现在装扮成 / 034

哦，有一些话不该重复 / 035

是什么使我们的世纪更糟 / 036

在那座吊桥上 / 037

一切被掠夺，践踏，蹂躏 /038

他们用雪擦拭你的身躯 /039

别热茨克 /040

愿心灵不被尘世的欢乐煎熬 /042

我不属于那些背井离乡者 /043

像是犯了什么病 /045

这里真不错 /046

缪斯 /047

罗得的妻子 /048

可以轻易地抛弃生命 /050

面对你剧痛的死亡 /051

这里，是普希金流亡的开始…… /052

野蜂蜜闻起来像自由 /053

最后的干杯 /055

为什么你们要往水里下毒 /056

鲍里斯·帕斯捷尔纳克 /057

有些人凝视温柔的脸庞 /060

沃罗涅日
　　——给奥·曼 /062

我不是什么先知 /064

但丁 /065

一点儿地理
　　——给奥·曼 /067

给新的一年！给新的悲哀！ /069

安魂曲 /070

推迟的回答 /087

柳树 /089

当有的人死去 /091

纪念米哈伊尔·布尔加科夫 /092

在 1940 年 /094

给伦敦人 /096

克利奥帕特拉 /097

去活——仿佛在自由中 /099

手艺的秘密（组诗选译） /100

死亡（选节） /103

勇气 /104

夜之女神 /105

三个秋天 /106

在记忆里…… /108

我们神圣的职业 /109

悼念一位朋友 /110

第一哀歌：历史序曲 /111

第七哀歌：抒情随感（残片） /115

你的山猫似的眼睛，亚细亚 /116

远处似有一个浮士德的剪影 /117

诗三首 /119

我对每个人说再见 /122

对你，俄语有点不够 /123

别重复 /124

他们会忘记？多么稀奇！ /125

8月 / 126

音乐
　　——给 D.D.S. / 128

海滨十四行 / 129

诗人之死 / 131

什么？仅仅十年，你开玩笑，我
　的主！ / 133

故土 / 134

给斯大林的辩护者们 / 136

一组四行诗 / 137

索福克勒斯之死 / 142

你不必回答我了 / 143

1913年的彼得堡 / 144

科马罗沃速写 / 146

医院里祈祷的日子 / 148

不要害怕，我依然还能描绘 / 149

最后的玫瑰 / 151

这就是它，一个果实累累的秋天 / 153

春天到来前的哀歌 / 154

透过一面镜子 / 155

这片土地 / 157

摘自旅行日记 / 158

致音乐（选节） / 159

必然性最终也屈服了 / 161

奥西普·曼德尔施塔姆诗选

只读孩子们的书 / 167

这里，丑陋的癞蛤蟆 / 168

我该怎么办，对这给予我的肉体 / 169

没有必要诉说 / 171

沉默 / 172

哦天空，天空，我会梦见你 / 174

致安娜·阿赫玛托娃 / 175

只有很少一点生活…… / 176

在雾霭中你的形象 / 177

巴黎圣母院 / 178

猎手已给你设下陷阱 / 180

彼得堡之诗
　　——给 N. 古米廖夫 / 181

阿赫玛托娃 / 183

马蹄的踢踏声…… / 184

欧罗巴 / 186

黄鹂在树林里鸣啭 / 188

大自然也是罗马 / 189

让这些绽开的城市名字 / 190

致安娜·阿赫玛托娃 / 191

003

失眠。荷马。绷紧的帆 / 192

这个夜晚不可赎回 / 194

最后的麦秆儿 / 196

我们将死在透明的彼得堡 / 199

你说话的样子很奇妙 / 200

从瓶中倒出的金黄色蜂蜜…… / 202

哀歌 / 204

一簇光亮在可怕的高处游移 / 207

自由的黄昏 / 209

沉重和轻柔，你们是同样设计的
　　姐妹 / 211

我想要说的话我已忘记 / 212

我们将重逢于彼得堡 / 214

因为我无力紧抓住你的臂膀 / 216

夜晚我在院子里冲洗 / 218

车站音乐会 / 219

有人拥有冬天…… / 221

世纪 / 223

无论谁发现马蹄铁 / 226

石板颂 / 232

1924 年 1 月 1 日 / 237

不，我不是任何人的同时代人 / 240

这种生活对我俩是多么可怕 / 242

致安娜·阿赫玛托娃 / 243

亚美尼亚（组诗选译） / 244

亚美尼亚语，一只野山猫 / 249

我多么爱这重压之下的人民 / 250

在水印图案的警局公文上 / 251

列宁格勒 / 252

让我们在厨房里坐一会儿 / 254

主：请帮我度过此夜 / 255

我像个孩子一样处在这强力世
　　界中 / 256

自画像 / 258

睫毛涩痛。泪水刺穿胸膛 / 259

"狼" / 260

"狼组诗片段" / 262

请永远保存我的词语
　　——给安娜·阿赫玛托娃 / 265

短歌 / 267

在一个高山隘口 / 270

拉马克 / 274

印象主义 / 277

你是否还记得…… / 279

巴丘什科夫 / 280

阿里奥斯托 / 281

鞑靼人，乌兹别克人，涅涅茨人 / 284

房间像纸一样安静 / 285

八行体（选章） / 289

沃罗涅日 / 293

这是一条什么街？ / 294
日子有五个头 / 295
你们夺去了…… / 297
诗章 / 298
环形的海湾敞开 / 303

让我们称空气为见证人 / 304
主动脉充满了血 / 306
穿过基辅，穿过魔鬼街道 / 307
给娜塔雅·施坦碧尔 / 309

鲍里斯·帕斯捷尔纳克诗选

出于迷信 / 315
致安娜·阿赫玛托娃 / 317

致 M.T. / 320
哈姆雷特 / 322

玛丽娜·茨维塔耶娃诗选

猫
　　——给马克斯·沃洛申 / 329
我的诗，写得那么早 / 331
你走路有点像我一样 / 332
命运的经卷 / 334
我知道这真实 / 336
两个太阳 / 337
没有人会失去什么 / 338
这样的柔情是从哪儿来的？ / 340
莫斯科诗篇 / 342
致勃洛克（组诗选译） / 344
致阿赫玛托娃 / 347

像眼中的瞳孔一样黑 / 348
……我愿和你一起生活 / 349
吻一吻额头 / 351
因于冬日之屋 / 352
从你傲慢的波兰 / 353
我记起了第一天 / 354
我一个人度过新年之夜 / 355
黑色的天穹铭刻着一些字词 / 356
普绪克（二首）/ 357
七支箭射进了玛利亚的心 / 359
躺在我的死床上 / 360
我说，而另一个听 / 361

就像左边与右边的两只臂膀 / 362

我祝福我们的手头活 / 363

致天才（节译）/ 364

我只是快乐地活着 / 365

有些人——石头做成…… / 366

这并非那么容易 / 368

女人的胸乳，灵魂冻结的呼吸 / 369

约会 / 370

电线（组诗选译）/ 372

树木（组诗选译）/ 376

诗人（组诗选译）/ 380

窃取过去 / 382

你爱我，以真实的…… / 384

嫉妒的尝试 / 385

山之诗（选节）/ 388

房间的尝试 / 395

新年问候 / 410

空气之诗 / 422

书桌（组诗选译）/ 441

我砍开我的血管 / 446

这种怀乡的伤痛 / 447

我从不报复我自己 / 450

时代不曾想着一个诗人 / 451

接骨木 / 452

想一想另外的人…… / 456

致捷克斯洛伐克的诗章（组诗选译）/ 457

"是时候了！对于这火焰我已太老！" / 460

"我在餐桌上摆下六套餐具" / 461

编译后记 / 465

Анна Андреевна Ахматова

安娜·阿赫玛托娃（1889—1966），1889年6月23日生于敖德萨，原姓戈连科，父亲是沙俄海军的机械工程师，1900年随家迁往彼得堡近郊，曾在皇村中学就读。1910年与诗人尼古拉·古米廖夫结婚（后离异），1912年出版第一部诗集《黄昏》，与古米廖夫、曼德尔施塔姆等人同为"阿克梅派"的代表人物。此后出版有《念珠》（1914）、《白色鸟群》（1917）、《车前草》（1921）、《耶稣纪元》（1922）等诗集。诗人的早期诗以简约克制的形式，坦露复杂而微妙的内心情感，深受读者喜爱。20世纪30年代中后期，她在沉默多年后又投入创作，1940年完成以儿子被捕、监禁为题材的组诗《安魂曲》（生前未能公开问世）；1946年受到粗暴批判，被开除出苏联作协，此后在艰难环境下默默写作长诗《没有英雄的叙事诗》，成为她一生的艺术总结。1965年，被牛津大学授予名誉文学博士学位。1966年3月5日因心肌梗死去世，安葬在她晚年居住的彼得堡远郊的科马罗沃。

安娜·阿赫玛托娃诗选

春天里傲慢的勇气

（一首诗的片段）

给我编织白色玫瑰的花冠，
带着玫瑰和初雪的芳馨，
在此人世间，你也孤单地
承受着无用生命的负担。

1907年，克里米亚

枕头的两边

枕头的两边
都发热,
第二支蜡烛
燃尽。渡鸦
开始啼叫,又是
一夜未睡,想入梦
也来不及了……
难以忍受的白色
刷亮了窗户。
早上好,早上!

1909 年

读《哈姆雷特》

一条正好通向墓地的尘灰路。
路那边,一条河流闪现的蓝。
"去修道院吧,"他说,"或是
嫁给一个傻瓜——随你的便。"

那就是王子挂在嘴上的话,
而我一读就永远记住了。
多少年过去了它仍然闪闪发亮,
就像貂皮披风之于一个人的肩膀。

1909 年

你那疯狂的眼神

你那疯狂的眼神
冰冷的言语,
还有爱的表白,甚至
在我们尚未见面之前。

1910 年

他一生最爱三样东西

他一生最爱三样东西：
白孔雀，弥撒曲，
和一张破旧的美洲老地图。
他不喜欢哭闹的孩子，
也不喜欢木莓酱掺茶
或女人的歇斯底里。
　……而我，是他的妻子。

1910—1911 年

普希金

一个黝黑的青年在荒凉的
湖边漫步。
一个世纪过去了,我们听到
那脚步在小径上的嘎吱声。

松针,厚密,带刺,
掩埋了树桩……
这里还放着他的三角帽,他的
读卷边了的帕尼[1]的诗章。

1911 年,皇村

---

[1] 埃瓦里斯特·帕尼(Evariste Parny,1753—1814),法国新古典主义爱情诗作者。

在深色的面纱下她绞着双手……

在深色的面纱下她绞着双手……
"今天你为何这样苍白?"
"因为我用刺痛的苦愁
把他灌得大醉。

"我怎能忘记?他踉跄着出去,
痛苦地扭着嘴唇……
我顺着楼道跑下,顾不上扶手,
直到把他拦在大门口。

"喘着气,我喊道:'你一走,
我就死!那不过是个玩笑。'
他冷冷地一笑并对我说:
'别站在外面的风里。'"

1911 年 1 月 8 日,基辅

我活着,像一只闹钟里的布谷

我活着,像一只闹钟里的布谷,
我不羡慕森林里的飞鸟。
他们一拧紧——我就咕咕叫。
你知道——这样的命运
我只希望
我所恨的人拥有。

1911 年 3 月 7 日,皇村

仿佛用一支麦秆,你吮吸我的灵魂

仿佛用一支麦秆,你吮吸我的灵魂。
我知道,这苦涩而又令人沉醉。
我并不乞求怜悯,不打断这折磨,
不!我可以镇定地忍受下去。

而当你完成,告诉我,从哪里
你还会找到一个已被榨干的灵魂?
我走下那条小径,呆呆地站着,
看孩子们在那里嬉戏。

每一片醋栗树丛都披上了花朵,
人们在篱笆外运送着砖石。
而你到底是谁,兄弟或是情人?
我不记得。我也不想知道。

哦,这里多么亮,无遮无掩。

我的身体疲倦，我放弃一切……
只有那个过路人在思忖：
她莫不是在昨天成了寡妇？

1911 年

爱

有时,像一条小蛇蜷成一团,
在你的心里施展魔术,
有时又像是一只鸽子,一连数天,
在白色窗台上叽叽咕咕。

或是像明亮的霜寒一闪,
打盹时则有如紫罗兰……
但是准确而又隐秘,当它把你
引向欢欣,引向平静。

它知道在小提琴的祈祷声里
如何甜蜜地抽泣,
还知道怎样占卜,满怀不安地
从一个还不熟悉的笑容中。

1911年11月24日,皇村

我已学会简单明智地生活

我已学会简单明智地生活,
眺望天空并祈祷上帝;
在暮色降临前做长长的散步,
为了使无益的焦灼平息。

当牛蒡在山谷中沙沙作响,
一串黄红色的浆果点头,
我写欢乐的诗篇
为这必死、必死而美好的生命。

我回来。毛茸茸的猫
舔着我的手掌,甜美地叫着,
而在湖畔锯木场的小塔上,
明亮的灯火闪烁。

寂静偶尔被打破,

被飞落屋顶的几声鹳鸣。
如果你曾来敲我的门,
对我,我甚至都没听见。

>   1912 年

傍晚

音乐从花园里升起
带着不可名状的忧郁。
餐盘里带冰的牡蛎,
有着大海新鲜、刺鼻的气息。
他告诉我:"我是你忠实的朋友"
并触摸到我的衣裙。
这手的轻轻触及,
与爱抚多不一样!
这是轻抚一只猫或一只鸟
或端详苗条女骑士的方式……
在那轻盈的金色睫毛下
唯有平静眼睛里的笑意。
而小提琴悲伤的弦音
这时越过了飘移的烟缕:
"赞美上苍——你第一次
和你所爱的人在一起。"

1913 年 3 月

在这里我们都是酒鬼,贱妇

在这里我们都是酒鬼,贱妇[1]:
我们在一起多么凄惨!
连墙壁上的花鸟,
也在等待密云的消散。

你叼着黑色烟斗喷吐,
奇怪的烟圈在头上旋绕。
我穿着紧身的衣裙,
以显得体态高挑。

而窗子被死死封住:
什么在酝酿,雾霭或是雷暴?
那不正是你的神情?
眼睛,就像谨慎的猫。

---

[1] 诗人在这里用了一个不寻常的字眼"Bludnítsi"(贱妇),因为它在《圣经》里曾被运用,指巴比伦那些贫穷多病,后来受到耶稣感化的妓女。

哦烦躁的心，我是不是
在等待死神的来临？
而那个此刻跳舞的女人，
她必将下地狱。

> 1913 年

我拥有某种微笑

我拥有某种微笑:
就像这种,仅仅从嘴角掠过。
我会为你保持住——
无论如何,是爱把它带给我。
我不在意你的残忍和侮慢,
或你是否爱上了别人。
在我面前,是金色的诵经台,
身侧,还有一个灰眼睛的婚伴。

1913 年

被爱的女人可以有很多要求

被爱的女人可以有很多要求!
受冷落的人什么也不会提出。
我多么高兴,今天,在冰层下
透明的水不再流动。

而我站立——上帝保佑——在冰层上,
无论它是多么光滑和易碎!
至于你,请保存好我的信件,
为了让后人公正地评判,

那样他们就可以看到
你是如何明智,如何勇敢,
也许我们还应留下更多的空白,
为了你那荣耀的自传?

尘世的酒水过于甜腻,

爱的情网成为羁绊。
但愿有朝一日,孩子们
会在课本上读到我的名字。

当他们得知这个伤感的故事,
就让他们偷偷地一笑……
既然我没有得到爱情和宁静,
请赐予我苦涩的名声。

1913 年

你能否原谅这十一月的日子?

你能否原谅这十一月的日子?
在这围绕着涅瓦火焰的运河里,
吝啬即是秋天悲剧的华彩。

1913 年 11 月,彼得堡

在彼得神奇的城市里

在彼得神奇的城市里,
这是最寒冷的一天,
日落的火焰燃尽,深红色
灰黑色的阴云密布。

让他不要渴望我的眼睛,
它们先知般坚定。
他将得到我用诗写下的一生,
还有这高傲嘴唇的祈祷声。

1913 年冬

致亚历山大·勃洛克

我来到诗人的家里访问。
礼拜天。正好是正午。
房间很大,很安静。
外面,在结霜的天气里

高悬的覆盆子色的太阳
透过灰蓝色的烟雾。
我的主人察看的凝视
默默地笼罩着我。

他的眼睛是如此宁静
让人会永远迷失在其中。
我知道我必须小心
不要与他的目光相遇。

但是我记得谈了些什么,

在那个烟雾的礼拜天正午,
在诗人的灰色高屋里,
在涅瓦河的入海口。

       1914 年 1 月

孤独

如此多的石头扔向我，
不再留下痕迹。
好吧，现在，一个诱惑
是那高塔之上的高窗。
我感谢它的建造者：也许
他们从不需要任何朋友。
这里我可以更早看见太阳升起
和白昼燃尽时的闪耀，
这里，北方的海风会不时飞进
我房间的窗户里，
鸽子则从我的词语间啄食麦粒……
而缪斯的一只晒黑的手
在灵光一现中，会从容地
写下我未完成的一页。

1914 年夏

尘世的名声如一缕轻烟……

尘世的名声如一缕轻烟……
我对此早已看淡。
我曾把如此多幸福的机遇
带给所有我爱的人。
他们中的一个今天还活着,
为他新遇上的人儿发疯;
另一个已化为青铜塑像,等待着,
在飞雪覆盖的广场中间。

1914 年冬

缪斯走下了这条小路[1]

缪斯走下了这条小路,
这条又狭窄又崎岖的路。
她的变黑的脚,
缀满秋天的露珠。

久久地,我向她恳求
和我一起等到冬天,
而她说:"你怎么还可以呼吸?
这里简直是一座坟墓!"

1915 年 12 月 15 日,皇村

---

[1] 原诗四节,这里是前两节。

我不再微笑

我不再微笑,
寒风冻僵了我的嘴唇,
一个人的希望变少了,
因为多出了一首歌。
这首歌,我被迫献给
屈辱与嘲笑,
而它对于默默爱着的灵魂
是如此难以忍受的疼痛。

1915 年 4 月,皇村

我不在意这些冒犯的评论

我不在意这些冒犯的评论,
我不为任何事指责任何人。
只是不要给我一个耻辱的结局,
对我这充满了耻辱的一生。

20 世纪 10 年代

祈祷

给我以苦涩的病痛的日子,
窒息、失眠、发烧,
带走我的孩子,我的爱人
和我的歌唱的神秘天赋——
在经受了如此多的折磨后,
现在我在你的祭坛上祈祷,
为了阴沉的乌云笼罩的俄罗斯
能迎来满天的彩霞普照。

1915 年 5 月,圣灵日,彼得堡

为什么你现在装扮成

为什么你现在装扮成
树枝,石头,小鸟?
为什么你突然对我微笑
像来自夏天云层里的闪耀?

别再折磨我,别再碰我!
让我守着我先知的苦恼……
一道烂醉的火焰蹒跚着,
穿过冬日发灰的泥沼。

而缪斯女神,衣着破烂,
会绝望地唱到最后。
在她那坚硬的青春苦痛里
是她的神奇的力量。

1915年7月,斯列普涅沃

哦,有一些话不该重复

哦,有一些话不该重复,
而你在说着它——简直是浪费。
永无穷尽的,唯有天空蓝色的浪花
和上苍对我们的怜悯。

1916 年冬

是什么使我们的世纪更糟

是什么使我们的世纪更糟?
是因为悲痛和恐惧而生的茫然
触动了所有最深的痛,
而又无力把它治愈?

向西,夕阳在滴落,
满城的屋宇反射着它的余光,
死亡的粉笔已在门楣上画上十字
而它还在召唤着乌鸦,乌鸦……

1919 年冬

在那座吊桥上

在那座吊桥上,
在如今已成为节日的那一天,
我的青春结束。

20 世纪 10 年代末

一切被掠夺,践踏,蹂躏

一切被掠夺,践踏,蹂躏,
死神拍击着它的黑翅,
痉挛,饥饿——那么为什么
到处还洒满了光明?

这一天,樱桃的气息从
城外的树林里飘来,七月
划过一颗新的行星,
在这深蓝的透明夜空——

奇迹甚至靠近了
那些支离破碎倒塌的房屋……
无人看到这一点,
这是我们才知道的秘密。

1921 年

他们用雪擦拭你的身躯[1]

他们用雪擦拭

你的身躯,你不再活着。

二十八处刀伤

和五个枪洞。

这是痛苦的礼物,

因为爱,我缝着。

俄罗斯老大地,你就爱

舔着血滴。

1921 年 8 月 16 日

---

[1] 1921 年 8 月 25 日,阿赫玛托娃的离异丈夫、诗人尼古拉·古米廖夫被当局以反革命罪处决。该诗显然与古米廖夫的被捕及其恐怖预感有关。8 月 10 日,阿赫玛托娃在勃洛克的葬礼上得知古米廖夫的被捕消息,几天后即写有一首诗:"恐怖,触摸黑暗中的事物,/月光涂上了斧头……"为了避免使人联想到古米廖夫,阿赫玛托娃曾在该诗后面落下"1914 年"的写作时间。

别热茨克[1]

这里白色教堂耸立,冰凌发出断裂声,
我儿子眼睛的蓝色矢车菊就在这里绽放。
老城上空是俄罗斯钻石般的夜,和一弯
比椴树花蜜还要金黄的镰刀。
暴风雪就要从河流那边的平原上袭来,
而人们,如同天使在为上帝的盛宴欢庆,
他们布置好前厅,点亮神龛里
小小的灯盏,在橡木桌子上放上《圣经》。
严酷的记忆,现在已如此揪心。
她为我推开塔楼客房,并深鞠一躬,

---

[1] 别热茨克为诗人古米廖夫的家乡,处于彼得堡与莫斯科之间的特维尔州。阿赫玛托娃与古米廖夫1910年成婚,1918年离异,离异前后,他们的儿子一直寄养在祖母家。该诗写于古米廖夫被处死后那年的圣诞节前(俄国东正教圣诞节为1月7日),诗的结尾暗含着无比的沉痛。

但我没有进去,我砰地关上了那可怕的门,
这时满城传送着圣婴诞生的喜讯。

1921 年 12 月 26 日

愿心灵不被尘世的欢乐煎熬

愿心灵不被尘世的欢乐煎熬,
愿你依恋的家庭不要伤到你自己;
从你孩子的嘴里拿走面包,
给一个不认识的陌生人。
做那个男人最卑贱的奴仆,
他本是你最阴郁的仇敌。
称呼你的兄弟为森林里的野狼,
并且不要问上帝任何事情。

1922 年

我不属于那些背井离乡者

我不属于那些背井离乡者,
他们的心已被撕裂。
他们的奉承也不能打动我,
我的歌不会献给他们。

对我,流亡是永远的遗恨,
是自投罗网,是一种绝症。
流亡者,你们的前程阴郁,
异乡的面包带着虫蛀树木的苦味。

然而这里是一场大火和恶臭,
那留下的青春化为灰烬。
面对灾难,我们无路可退,
任它一次次打击我们。

而我们知道那里有一笔总账,

每一笔都记着……在这个世界上
没有人比我们更单纯,带着
更多的自豪,更少的眼泪。

1922 年 7 月

像是犯了什么病

像是犯了什么病,
发热,说胡话,见鬼,
在海滨花园的小径上梦游,
被风和太阳灌醉。

甚至死者,今天也欣然前来,
一路漂泊,进入我的房间,
手里牵着那个
我久久想见的孩子。

就这样,我和那些已死的人
一起吃绿葡萄,喝加冰的酒,
并观看灰色的瀑布
怎样从燧石山上泻坠。

1922 年

这里真不错

这里真不错:簌簌声和噼啪声,
霜寒一天比一天加深;
灌木丛在耀眼的白色火焰里
屈身,还有凛冽的玫瑰。
而在壮丽伸展的茫茫雪原上
一道雪橇的痕迹,仿佛某种记忆,
仿佛在某个遥远的世纪,
我们曾从那里经过,你和我。

1922 年

缪斯

当我在深夜里静候她的来临,
仿佛生命被系在一根线上。
什么荣誉、青春、自由,在这位
　　手持野笛的亲爱来客面前算得了什么。
而她进来。她撩开面纱,她格外地察看我。
我问:"就是你把《地狱篇》的篇章
口授给但丁的?"[1]她答:"是我。"

1924 年

---

[1] 但丁在《神曲·炼狱篇》中有这样的诗句:"你的笔要仅仅追随口授者。"

罗得的妻子[1]

> 罗得的妻子在后边回头一望,就变成了一根盐柱。
> ——《创世记》

那个跟在上帝使者后面的义士,
高大而明亮,越过黑沉沉的山。
但是在那妇人耳中,提醒的声音愈来愈大:
你还来得及,还可以去看——

看你的出生地索多玛的红塔,
看你歌唱过的广场,你纺织的院子,
看那高屋上荒废的窗户,在那里
你为你所爱的丈夫生下孩子。

---

[1] 据《圣经·创世记》记载,由于索多玛等地的人罪孽深重,上帝决定降天火惩罚,事前遣天使叫罗得偕妻女出城往山上走,但"不可回头望"。罗得的妻子忍不住回头一望,变成了一根盐柱。

于是她回头:顿时,被致命的一击麻痹,
她的双眼再也看不到任何东西;
她的身体变成半透明的盐柱,
而她的脚,一瞬间在那里生根。

但是谁将为此恸哭?
她的丧失和死亡有何意义?
我的心永远不会忘记那个女人——
她付出自己的生命,只为了那一瞥。

1924 年 2 月 24 日

可以轻易地抛弃生命[1]

可以轻易地抛弃生命,
让自己毫无知觉和痛苦地烧成灰烬,
但是如此纯粹的死却不是
给一个俄国诗人的方式。

一梭子弹更能给飞翔的灵魂
打开遥远天国的大门,
或可说,积聚的恐惧以其粗野的爪子
更能从内心的海绵中挤压出生命。

1925 年

---

[1] 在有的选本中该诗的题目为"纪念谢尔盖·叶赛宁",实际上该诗写于叶赛宁自杀之前(叶赛宁于 1925 年 12 月 27 日在列宁格勒一旅馆上吊自尽),诗人在 1925 年 2 月的一次文学晚会上朗诵过该诗。

面对你剧痛的死亡

面对你剧痛的死亡,
他们以锤子和镰刀宣誓:
"我们对背叛报以黄金,
对歌声则报以铅弹。"

1926 年 11 月

这里,是普希金流亡的开始……

这里,是普希金流亡的开始
而莱蒙托夫的生命结束之地。[1]
这里,山上的草木气息散发出幽香,
而只有一次,我捕捉到一瞥
在湖边,在悬铃木浓密的阴影中,
在一个残忍的黄昏时分——
那闪光的、不可遏制的眼睛
塔玛拉[2]永恒的情人。

1927年,基斯洛夫茨克

---

[1] 莱蒙托夫放逐期间于1841年死于基斯洛夫茨克附近的一次决斗。
[2] 塔玛拉,莱蒙托夫著名叙事诗《恶魔》中的女主人公,格鲁吉亚公主。

野蜂蜜闻起来像自由

野蜂蜜闻起来像自由,
灰尘——如太阳的光线。
紫罗兰般芳馨——少女的嘴唇,
而金子——乏味。
木樨草有一种泉水的甘冽,
而爱散发出苹果的香气。
但是我们闻一次也就永远知道了
血,闻起来只能像血腥味……

而罗马的摄政官大人却徒劳地
当着所有民众洗他的手,
直到被不祥、反叛的喊叫声轰走;
而苏格兰女王
在王宫那令人窒息的郁闷中,

绝望地清洗着被血染红的耳坠

从她修长的手掌中……

1933 年

最后的干杯

我喝下这一杯,为毁掉的房屋,
为那些不堪回首的日子,
而为了我们曾一起分享的孤独,
我也为你干一杯——
为出卖我的双唇的谎言,
为你眼睛里致命的冰冷,
为世界的残暴和堕落这件事实,
为上帝不曾来拯救。

1934 年 1 月 27 日

为什么你们要往水里下毒

为什么你们要往水里下毒
并在我的面包里掺土?
为什么你们要把最后的自由
变成盗贼分赃的淫窟?
难道就因为我不曾嘲笑
友人们那惨痛的死亡?
难道就因为我一直忠实于
我的悲哀可怜的祖国?
请吧。没有刽子手和断头台,
这个世界上就不会有诗人。
我们命定要穿上赎罪衫,
手持烛火,并一路痛哭。

1935 年

鲍里斯·帕斯捷尔纳克

他把自己比作马的眼睛
他扫视着路旁,观看,发现,确认,
而突然间像是钻石熔化,
水洼闪光,冰雪消融……

在紫丁香的烟氲中,后院昏昏欲睡,
站台,圆木,树叶和低垂的云朵。
那火车的呜呜,那吱嘎响的西瓜皮,
那羞怯的藏在小山羊皮革手套里的手……

而当所有的轰鸣、咆哮、撞击和飞溅
突然落入沉默,那就意味着
他正踮着脚悄悄走过满地的松针,
不去惊动林间空地那片轻柔的梦境。

那就意味着他在查看、清点籽粒,

从枯萎的麦穗里；那就意味着
他再次走向达亚尔[1]那该死的
石头峡谷，从另外一个葬礼。

而再一次，莫斯科的咽喉冒烟，
当致命的雪橇铃声从远处传来，
有人在离家几步的地方迷路了，
从齐腰深的雪中。糟透了的时刻……

为此他把烟雾比作拉奥孔[2]，
为此他歌唱墓地上长出的蓟草，
他要以簇新的声音充满世界，
让诗的韵律回荡在新的空间。

他被授予了永恒的童年奖，
在慷慨和光辉的星辰映照下；

---

[1] 达亚尔峡谷，从高加索通向格鲁吉亚的一道险峻峡谷。
[2] 拉奥孔，特洛伊人，祭司。在特洛伊战争中他曾警告不要接受希腊人的木马，但没有成功，随后他被两条从希腊人的岛上来的大蛇夺去了性命。1506年，罗马出土有约公元前1世纪的大理石群雕《拉奥孔和他的儿子们》，为西方艺术史上的珍宝。

整个大地成为他的遗产,
他要每个人与他一起分享。

      1936 年 1 月 19 日

有些人凝视温柔的脸庞

有些人凝视温柔的脸庞，
另一些人一直喝到天亮时分，
而我整夜里与我自己的良知
争辩，她总是对的。

我对她说："你知道我多累，
我忍受你的重负，已这么多年。"
但是对她，没有这样的时间，
对她，空间也不存在。

再一次，黑色的狂欢夜，
危险的停车场，逍遥马蹄上的
铃声，风俯冲下天国的斜坡，
带着寻欢作乐的笑声。

但在我上面，是带犄角的

镇定的见证……哦,我应去那儿,
沿着摩羯座下的那条老路
去看那潭死水,那里有天鹅浮游。

1936 年

沃罗涅日

——给奥·曼[1]

整个城镇结了冰,
树木,墙壁,雪,仿佛都隔着一层玻璃。
我冒失地走在水晶上,
远处有轻快的彩饰雪橇滑过。
越过沃罗涅日的彼得大帝雕像,乌鸦掠起,
杨树,圆屋顶,一抹绿色,
隐入在迷蒙的阳光中。
在这片胜利的土地上,库利科沃[2]大战的风
仍从陡峭的斜坡上吹来。
而杨树,像碰杯一样撞在一起,

---

[1] 奥·曼即诗人奥西普·曼德尔施塔姆。1934年5月,曼氏因为他一首诗被捕,后流放到沃罗涅日。1936年2月,阿赫玛托娃曾从列宁格勒前来沃罗涅日探望曼氏夫妇。该诗1940年曾在《列宁格勒》杂志发表,但最后四行被删。

[2] 库利科沃大战,1380年间俄国人在沃罗涅日附近击溃蒙古人的一场大战。

一阵猛烈的喧哗声,
仿佛成千的客人在婚宴上
为我们的欢乐干杯。
但是,在流放诗人的房间里,
恐惧与缪斯轮流值守,
而夜在进行,
它不知何为黎明。

1936 年 3 月 4 日

我不是什么先知

我不是什么先知,
我的生命不过是一湾清浅的流水。
我只是不愿对着监狱钥匙的叮当声
歌唱。

20 世纪 30 年代

但丁

> 我美丽的圣乔万利。[1]
> ——但丁

甚至死后他也没有回到
他古老的佛罗伦萨。
为了这个离去、并不曾回头的人
为了他我唱起这支歌。
火把、黑夜,最后的拥抱,
门槛之外,命运痛哭。
从地狱里他送给她以诅咒,
而在天国里他也不能忘掉她——
但是赤足,身着赎罪衫[2]

---

[1] 引自但丁《神曲·地狱篇》。圣乔万利为佛罗伦萨大教堂的洗礼堂,但丁早年曾在那里受洗。
[2] 但丁1302年被流放,1315年被准许回到佛罗伦萨,条件是身着赎罪衫当众悔过,被但丁拒绝了。

手持一支燃着的烛火他不曾穿过
他的佛罗伦萨——那为他深爱的
不忠、卑下的,他所渴望的……

        1936 年 8 月 17 日

一点儿地理

——给奥·曼

不像某个欧洲的首府
有着第一流的美——
而像是沉闷的流放,经由叶尼塞斯克,
像是在中途换了车,再到赤塔,
到伊锡姆,到干旱的伊尔吉兹,
到远近有名的阿特巴萨尔,
到斯沃博德内边区,
到这个散发着腐尸恶臭的铺位——
所以对我来说这座城市[1]
在子夜里,有一种苍白的蓝——

---

[1] 指圣彼得堡／列宁格勒。

这座城市，被第一流诗人赞美，
被我们这些罪人，被你。

1937 年

给新的一年!给新的悲哀!

给新的一年!给新的悲哀!
看他如何舞蹈,像恶作剧的孩子,
越过冒烟的波罗的海上空,
瘸着腿,驼着背,撒野。
他又给人们——那些酷刑室外的,
带来什么样的命运?
而他们是否会走向野外去死?
照耀他们吧,天国的星!
尘世的面包,爱人的眼睛,
他们将再也看不见它们。

1940 年 1 月

安魂曲[1]

不,不是在异国天空的穹窿下,
也不是在陌生羽翼的庇护下——
我是和我的人民在一起,
就在那里,在他们蒙受不幸之时。

1961 年

---

[1] 自 1935 年 10 月起,随着她共同生活的艺术史家尼克拉·普宁和儿子列夫·古米廖夫同时被捕,阿赫玛托娃开始创作《安魂曲》。出于安全起见,她一般不将这些诗写成诗稿,只将它们背诵给莉季娅·楚科夫斯卡娅等朋友们听(莉季娅的丈夫和阿赫玛托娃的儿子都被关在同一监狱)。《安魂曲》在诗人生前未能公开出版(除了 20 世纪 60 年代初在地下刊物上流传,在国外于 1963 年在慕尼黑出版),直到 1987 年被苏联杂志《新世界》发表。

代序

在可怕的叶若夫[1]恐怖年代，有十七个月我是在列宁格勒探监长队中度过的。有一次，有人"认出"了我。一个排在我身后的嘴唇乌青的妇女，她当然在这之前并未听人叫过我的名字，这时从人们惯有的麻木状态中醒了过来，并在我耳边悄声问（在那里人人都是这样说话的）：

"你能描写这些吗？"

而我回答："我能。"

于是，一丝看上去像是微笑的表情从那曾经是她的脸上掠过。

1957年4月1日，列宁格勒

献辞

面对这样的悲痛，高山低头，

大河不再涌流，

---

[1] 尼古拉·伊万诺维奇·叶若夫（1895—1940），苏联内务部首脑，大清洗计划的主要执行者之一，仅在1936—1937两年间，他主持下的内务部逮捕了150万人，并处决了其中的半数。叶若夫后来在政治运动中失势，1940年2月4日被处决。

但是监狱的大铁门紧锁,
那背后即是"犯人的洞窟"[1]
和致命的悲愁。
徐徐清风只为另外一些人吹,
夕阳闪耀在另外一些人的额头——
我们无从知晓,我们在这里听见的
只是可恶钥匙的啮咬
和士兵皮靴咔咔的脚步声。
我们一早起来,像赶晨祷一样,
吃力地穿过蛮横的都市,
排起队来,比死人还像死人;
太阳低垂,涅瓦河上雾气加重,
但希望仍在远方歌唱。
判决……她的泪水顿时涌出,
她仅存的生命被夺去,
仿佛就从她撕裂的心上,
仿佛他们在狠狠敲砸她的屋顶,
但她依然……踽踽而行……孤身一人。
如今他们都到了哪里,
我这两年残忍岁月的难友们?

---

[1] 出自普希金《致西伯利亚的囚徒》。

有何盼望,在西伯利亚的暴风雪里?
又有什么出现,在月亮的光环中?
请让我向他们送上别离的问候。

1940 年 3 月

前奏

这时候微笑的会是那些
死者,他们为获得安息而庆幸。
而列宁格勒,像个多余的累赘
在它的监狱前面摇来晃去。
当受尽折磨而迟钝的
服刑的囚犯队列开始移动,
一支短暂的离别之歌
以机车嘶哑的汽笛唱起。
死亡之星高悬在我们头上,
而无辜的俄罗斯在挣扎,
挣扎在血的皮靴
和"黑色玛利亚"[1]的铁轮下。

---

[1]"黑色玛利亚"("Black Marusyas"),人们对秘密警察囚车的称呼。在俄文中,"Marusyas"为"Maria"的昵称。

1

你在黎明时分被带走,[1]
我跟在你的身后,像送葬一样。
孩子们在黑暗的前厅里哭喊,
神龛前烛火滴尽最后的光。
你的双唇,掠过一丝圣像的寒意,
而可怕的汗从额头上渗出……我怎能忘?!
我会像火枪手[2]的妻子们那样,
哭号在克里姆林宫的塔楼旁。

1935 年

---

[1] 该诗写普宁的第一次被捕。阿赫玛托娃是在 1926 年搬进"喷泉屋"公寓与艺术批评家尼古拉·普宁同居的,他们共同生活到 20 世纪 30 年代末期。普宁于 1949 年再次被捕,并于 1953 年 8 月死于西伯利亚集中营。
[2] "火枪手"指的是在 1698 年发动叛变的近卫军部队,他们被彼得大帝镇压,2422 名火枪手被吊死和处重刑,他们的妻子在克里姆林宫的塔楼前请愿。俄国画家瓦西里·苏里科夫 1879 年创作有名画《近卫军临刑的早晨》。

2

静静的顿河[1]静静地流,
昏黄的月亮滑落进窗户。

歪戴着帽子,这昏黄的月亮,
他在屋里照见一个人影。

这个女人已病得不轻,
这个女人孤身一人。

丈夫[2]在坟墓里,儿子在狱中,
月亮,请为我祈求上帝!

---

[1] 诗人在这里没有写涅瓦河而是写"顿河",意在把她这首安魂曲献给了俄罗斯大地上所有的牺牲者和受难者。顿河,俄罗斯欧洲部分的第三大河,河床比降不大,河水平缓,故被称为"静静的顿河"。肖洛霍夫的《静静的顿河》四卷本分别于1928年、1929年、1933年和1940年出版。

[2] 指阿赫玛托娃的第一任丈夫尼古拉·古米廖夫,他们1910年成婚,1918年离异。1921年8月古米廖夫被苏联政权处决,阿赫玛托娃和儿子列夫·古米廖夫也受到牵连,尤其是列夫,因拒不承认父亲有"历史问题"屡遭迫害,于1935年与1938年先后两次入狱。

3

不,这不是我,这是另一些人在受苦。
我从来承受不了如此的苦难,
就让他们遮暗它吧,
并且把灯笼也带走……
夜。

1940 年

4

现在该明白了,你这爱开玩笑者,
朋友圈里的宠儿,
皇村中快乐的小罪人,
什么将在你的生命里发生——
你将站在克列斯提[1]铁牢前,
带着一个小包袱,排在三百号的队列,
你簌簌的热泪,
会熔化又一年的冰。

---

[1] 克列斯提为彼得堡的一座政治犯监狱。

大墙那边，监狱的白杨俯身，
而又无声无息——有多少
无辜的生命在挣扎、死去……

5

十七个月来我一直在哭唤，
哭唤你回家，
我一次次跪伏在刽子手脚下，
我的儿子，我的冤家。
一切都如噩梦般混乱，
我到现在也无法分清，
谁是野兽，谁是人，
等待判决还要等到什么时辰。
那里只有蒙尘的花朵，
香炉的哔剥声，和一串
无处可去的脚印。
一颗巨星，
以高悬的死亡相威胁，
直逼我的眼睛。

1939 年

6

一周又一周逝去,
我不知道你到底如何度过。
犹如白夜在凝视你,
我的儿子,他们再一次
看你如何被困在牢房,
他们盯视,以鹰隼般燃烧的目光。
——那为你高悬的十字架,
——那悄声谈论的死亡。

1939 年

7

判决[1]

巨石般的词句砸向我
一息尚存的胸膛,
没什么,我已准备好了,

---

[1] 指列夫的被判决(最初被判决十年劳改,后改判为五年)。

无论怎样我都得承担。

今天我有如此多的事要做:
我要一举斩断记忆,
我要把灵魂化为石头,
我必须学会重新活着。

除非……夏日热烈的沙沙声,
如同在窗外欢庆节日。
我早已预感到会有这一天,
日子光辉,房屋死寂。

1939 年 6 月 22 日,喷泉屋

8

致死神

你迟早会来——为何不是现在?
我等着你——我已不能再等了。
我已为你关掉灯光并敞开
大门,如此简单而又不可思议。

所以请你以任何方式到来，

像一枚毒气弹一样落下吧，

或是，像手持钢管的匪徒悄悄进来，

或是用斑疹伤寒的毒烟熏我，

或是用你梦到的任何一种童话，用你

惯对人们使用的任何邪恶方式——

让我瞥见淡蓝色帽子[1]的上方

和房屋侍者吓得铁青的脸。

我对一切都无所谓了。叶尼塞河[2]汹涌，

北方之星升起。

而最后的恐惧将熄灭

心爱的人双眸中那蓝色的光泽。

1939年8月19日，喷泉屋

9

现在，疯狂已经用翅膀

---

[1] "淡蓝色帽子"，指向"NKVD"（秘密警察）戴的帽子。
[2] 叶尼塞河，俄罗斯水量最大的河流，是西西伯利亚平原与中西伯利亚高原的分界，沿河岸分布着许多集中营，它在阿赫玛托娃和曼德尔施塔姆的诗中都具有了与流亡相关的意义。

把我的心灵半遮住，
给它灌火一般的烈酒，
唤它走向黑暗的深谷。

而我也终于意识到
我必须为它让步，
我偷听自己胡言乱语仿佛
出自他人之口。

而它不会允许
我把我的任何东西带上：
（无论我是如何需要，
无论我是怎样哀求）：

无论是儿子恐惧的眼神——
那化为石头的痛苦，
还是大难临头的日子，
与他在监狱面对的哀愁。

无论是他双手甜甜的凉意，
还是菩提树颤抖的阴影，
无论那最后传来的慰藉话语

多么微弱,又多么易碎——

        1940年5月4日,喷泉屋

钉上十字架

  "不要为我哭泣,母亲,
  我在坟墓里。"

1

天使们齐声赞颂这重大的时刻,
而苍穹在烈火中熔化。
对父亲他说:"为什么您把我遗弃!"
而对母亲:"啊,不要为我哭泣……"

2

玛丽·马格达利娜捶胸痛泣,

这心爱的门徒化为了石头,[1]
而母亲默默伫立之处,那里
却无人敢于投去一瞥。

10

尾声(一)

我明白了一张张脸如何消瘦,
恐惧是怎样在眼皮下躲闪,
苦难如何在脸颊上刻出
艰涩的楔形文字,
一绺绺灰发或黑发又是怎样
突然间变成银白,
我明白了微笑为何从顺从的嘴唇上褪去,
惊惧又是怎样在干笑中发抖。

---

[1] 据福音书记载,耶稣传道时曾医治好几个妇女,玛丽·马格达利娜(又译为"抹大拉的玛利亚")是其中一位。当耶稣被带往审判时,门徒都逃走了,她跟随到十字架下,看主受苦,埋葬。按照俄国著名诗人、帕斯捷尔纳克的传记作者德·贝科夫的看法,阿赫玛托娃"大体上属于旧约诗人",她在《安魂曲》中也运用了新约的这个典故,但用意不在耶稣复活这个"新约主题",而在悲痛和苦难本身,尤其是千千万万俄罗斯母亲所承受的苦难。阿赫玛托娃自己也曾引用过乔伊斯《尤利西斯》中的一句话"你不能使你的母亲成为一个孤儿",并对友人说这句话适用于整个《安魂曲》。

但我不只是为我一个人祈祷,
而是为所有和我一起排队站在那里的人,
在寒风中,在七月的热浪里,
在令人目眩的红墙下。

尾声(二)

再一次,纪念日[1]临近。
我看,我听,我感觉着你们:

这一位,几乎被拖拽到了最后,
那一位,不再踩着她的故土,

还有一位摇着她的美丽的头,
"不,不,来到这里,就像回家"。

我愿把她们的名字一一念出,
只是名单已被收走,一片空无。

我为她们织就一块宽大的斗篷,

---

[1] 指俄国东正教传统的死者周年纪念日。

用她们的缺失,用听来的只言片语。

无论在任何地方我总是会想起她们,
无论面对什么我都不可能忘记。

即使他们封住我筋疲力尽的嘴,
亿万人也会用它来发出呼喊,

而在我自己的纪念日来临前夕,
人们或许也会这样把我记起,

如果有朝一日在这个国家里,
他们决定为我立一个纪念碑,

好吧,我准许那样的荣誉
但只有在这样的前提下——

不要立在海边,我的出生地,
我与大海早已断绝最后的联系,

不要立在皇村花园心爱的树桩旁,
无以安慰的影子会到那里把我找寻,

就立在那里，我站过三百个小时的地方，
那里的大铁门从来不曾为我开启。

因为，唯恐，在死亡的解脱中，
我会忘记"黑色玛利亚"的呼啸，

会忘记牢门那可恨的砰的关闭声，
和一个老妇人受伤野兽般的号啕。

愿从我不再眨动的青铜眼帘下
流下融化的雪溪，像泪水，

愿监狱的鸽子从此飞越到远方，
愿涅瓦的船只继续静静地航行。

1940 年 3 月

推迟的回答

> 我悠闲的人儿,黑暗的公主。[1]
>
> ——M.Ts.

不可见,双重面孔,弄臣,
你这个藏身于丛林深处的人,
蹲伏在欧椋鸟窝里的人,
从死者的十字架上飞掠过的人。
从玛林基纳塔堡[2],你发出哭喊:
"我今天回家来了,
故乡的田野,请掩护我,
因为我遭受到的一切。
深渊吞咽下了我爱的人们,

---

[1] 引诗出自茨维塔耶娃早年献给阿赫玛托娃的组诗。茨维塔耶娃 1939 年结束流亡生涯从巴黎回国后,曾和阿赫玛托娃有过一次会面,该诗即与这次会面有关。

[2] 玛林基纳塔堡为俄国著名城堡,曾囚禁过许多历史人物。

家宅被掠夺一空。"

*

今天我们在一起了,玛丽娜,
步行穿过夜半的首都,
而在我们身后是成百万和我们一样的人,
从来没有任何队列比这更静默,
在送葬钟声的陪伴下,
而莫斯科的暴风雪,那发了狂的呻吟,
将抹去所有我们的足音。

         1940 年 3 月 16 日

柳树

> 而那树上的一根枯枝。
> ——普希金

我生长在一个整饬有序的地方,
在那清凉、寂静的年幼年代。
我不适应人类嚷嚷的声音,
但却理解风在说些什么。
牛蒡和荨麻喂养我的灵魂,
但我最爱的,还是那株银色的柳树。
她充满感恩地度过一生,陪伴我,
用低垂、轻抚的枝条,让我
在失眠夜里又开始了做梦。
但——难以置信!我竟活过了她。
现在,一截树桩出现,在她的天空下,
而在我们的天空下,是另外一些

陌生的枝条。我还是我
但仿佛有一个姐妹在今天死去。

1940 年

当有的人死去

当有的人死去
他的肖像变了。
他眼睛的凝视显得异样而嘴唇上的
微笑也和从前不一样了。
我注意到这一点当我
从某个诗人的葬礼上归来。
对此我常常去验证,
而我的揣摩得到了证实。

1940 年 5 月 21 日

纪念米哈伊尔·布尔加科夫[1]

我献给你这首诗,以代替
墓前的玫瑰,我也不会燃起香火,
为你这个甚至在最后的时刻
也无比高傲的人。你喝着酒,你的玩笑,
和任何人都不一样。至于你的一生——
你在令人窒息的围墙里呼吸,
你自己接纳了那位奇怪的客人,
并与她独自守在一起。
现在你离去了,对这苦痛而高贵的生命,
没有人说一个字,
唯有我笛声般呜咽的声音,
在沉默的丧宴上响起。
但是有谁会相信我说出的这些,

---

[1] 米哈伊尔·布尔加科夫(1891—1940),俄罗斯小说家、剧作家,代表作有《大师和玛格丽特》等。布尔加科夫和苏维埃政权之间的关系一直很紧张,作品很难发表,在他因病逝世多年后《大师和玛格丽特》才得以出版。

我，半个疯子，为逝者而哀哭的人，
被架在闷燃的火上熏烤的人，
失去一切，也遗忘了一切，
却命定要记起那些坚毅、怀着天赋、
从容走向最后一刻的人——
似乎，昨天我们还说过话？你掩饰了
那一阵突然被钉穿的剧痛。

1940 年

在1940年

当他们来埋葬时代时,
并不唱着哀悼的赞歌,
而是以荨麻,以蓟草
来掩饰墓地。
只有掘墓人尽力尽责,
在那里干得起劲!
寂静,啊上帝,如此寂静,
可听见时间是怎样消逝。
而后来呢,它却又冒出来
像解冻河流上的浮尸——
但是儿子已认不出母亲,
孙子在痛苦中扭过脸去。
所有的头都垂得更低,
月亮移动,像一只钟摆。

而现在,越过沦陷的巴黎上空
正是这样的寂静。

1940 年 8 月 5 日

给伦敦人

时间,以一只无情的手,续写着
莎士比亚悲剧的第二十四幕。
而我们,这场可怕盛宴的东道主[1],
宁愿只读哈姆雷特、恺撒或李尔王
在那铅色流动的河边上;
我们宁愿,在今天,打着火把唱着歌,
忍痛把小鸽子朱丽叶送进她的坟墓,
宁愿,只是凝望麦克白的窗户,
和雇佣杀手一起打着哆嗦——
只是不要这新的一幕,不要,不要,
我们已没有任何力气阅读!

1940 年

---

[1] 因为苏联为第二次世界大战的主要战场,故阿赫玛托娃这样写。

克利奥帕特拉[1]

> 我是空气和火……
> ——莎士比亚[2]

她已吻过安东尼死后冰冷的嘴唇,
也曾跪下为被刺的恺撒哭泣……
她的仆人也背叛了她。黑暗降临。
罗马鹰的号角在长鸣。

而最后一个被她的美貌迷住的男人进来了——

---

[1] 克利奥帕特拉(Cleopatra,约公元前70年或公元前69年—约公元前30年),古埃及托勒密王朝最后一任女法老。她才貌出众,并深深卷入罗马共和国末期的政治旋涡。在一些文艺作品或电影中,她为保持国家免受罗马帝国吞并,曾色诱恺撒大帝及他的手下安东尼,因此又通称为埃及艳后。当恺撒的养子屋大维最后击败安东尼,她让一条毒蛇咬死自己。阿赫玛托娃的这首诗与她中后期的许多诗作一样,都涉及"伟大人物的受辱"这个隐秘的主题,为此她写这位宁可自尽也不臣服于征服者的埃及王后,写被迫流亡、拒绝认罪从而永无生还可能的但丁……

[2] 莎士比亚创作有悲剧《安东尼和克利奥帕特拉》。

一个如此高的勇士！害羞地对她低语：
"你必须作为奴仆走在他前面，在凯旋的队列中。"
但是她天鹅般的脖颈一动不动。

明天他们会掳走她的孩子们。没有任何
留下，除非让这个家伙失去理智
把那条黑毒蛇，像告别前的怜悯，
以冷漠的手，放在她黝黑的胸乳前。

                                                  1940 年

去活——仿佛在自由中

去活——仿佛在自由中，
去死——就像回家。
沃尔科夫[1]的田野，
麦浪一片金黄。

（宣战日）

1941 年 6 月 22 日

---

[1] 沃尔科夫为列宁格勒近郊的一处墓地。

手艺的秘密

（组诗选译）

创作

我不需要颂歌中军乐队的洪亮，
哀歌里那充满装饰音的魅力。
对我，诗远不是那么一回事，
如人们认为的那样。
如果你们知道从怎样的垃圾中
生长出诗歌，别对此羞愧。
它就像篱笆边垂首的蒲公英，
像牛蒡和紫藜。

一声愤怒的哭喊，焦油的新鲜气味，
墙壁上那些神秘的霉点……

诗突然间发出声音,活生生地,温柔,
给你和我带来愉悦。

1940 年 1 月 21 日

缪斯

我如何与这种负担一起生活?
而人们还称她为缪斯。
他们说:"你和她在草地上……"
他们说:"那是神授的含混低语……"
但是,比热病更凶猛,当她向你袭来,
然后整整一年却没有一点声音。

警句

是不是,贝蒂能像但丁那样描绘?
劳拉也会颂扬爱的炽热苦痛?
我教女人们说话……
但是主啊,怎样让她们住嘴?!

致奥西普·曼德尔施塔姆[1]

康乃馨的气味是多么刺鼻,
就像我曾在梦里闻到的一样;
那里,欧律狄刻们手拉着手,
而欧罗巴骑着公牛横渡,那里
我们的影子舰队迎风破浪;
它们越过涅瓦,越过涅瓦——
而激溅的河水拍击在城市台阶上,
那就是你通向永恒的通行证。

1940—1960 年

---

[1] 阿赫玛托娃献给曼德尔施塔姆这首诗为组诗的第九首,原诗全诗有五节,每节四行。该中译依据于 D.M.Thomas 的节译本。

死亡

(选节)

2

现在我已站在一次旅行的舷梯上,
每个人都会来到这里,而付出的代价不同……
在这艘船里有着我的一个小舱位,
而风在驶行——可怕的时刻
我眼看着我自己的岸在消失……

1942 年

勇气

我们知道此刻什么被放在天平上,
知道是一些什么正在发生。
勇气的时刻敲响了我们的钟,
勇气将不会放弃我们。
我们不会惧怕飞来的弹雨,
我们也不担心失去我们的屋顶——
但我们将保护你,俄罗斯语言,
伟大的俄罗斯语言!
我们将把你传递给我们的子子孙孙
自由,纯洁,从奴役中拯救出来
永远!

1942年2月23日,塔什干

夜之女神

夏日花园中"夜神"雕像

小小的夜神!
你披着星光,在丧葬的
罂粟中,伴着不眠的猫头鹰。
小小的女儿!
我们要把你掩藏在
花园里新翻出的泥土下。
狄奥尼索斯[1]的酒杯空了,
爱的眼里噙满泪水。
现在我们城市上空飞着的
是你可怕的姐妹。

1942 年 5 月 30 日

---

[1] 狄奥尼索斯,希腊神话中的酒神。

三个秋天

对我,很难理解夏日的微笑,
也无从翻阅冬日的秘密。
但我几乎可以精确地认出
每一年里的那三个秋天。

第一个——节庆般混乱,
让昨日刚消逝的夏季难堪,
树叶飘飞,像撕碎的笔记纸页,
烟缕的味道带着焚烧的甘甜,
它们五颜六色,潮润而又

斑斓。白桦树第一个加入舞蹈,
披着一身闪亮的缎装,
越过篱笆,她向邻居洒落
一闪即逝的泪珠。

但也不过如此——故事刚刚开始
只过了一刻，一瞬，第二个秋天
就已降临，冷静犹如良知，
昏暗，犹如空气的突袭。

万物顿时变得苍凉和衰老，
夏日的舒适被夺去，
而远方行军中的金色号角
飘浮在芳香的雾中……

而它的焚烧的寒冷波浪
封住了苍穹，北风卷地而来，
转瞬把整个大地带入，
于是人人都明白了：大幕落下，
这不是第三个秋天，而是死。

1943 年 11 月 6 日，塔什干

在记忆里……

在记忆里,犹如在一只镂花箱柜里:
是先知的嘴唇灰色的微笑,
是下葬者头巾上高贵的皱褶,
和忠诚的小矮人——一簇石榴树丛。

1944 年 3 月 16 日

我们神圣的职业

我们神圣的职业
存在了千年……
因为它即使没有光世界也明亮起来。
但是还不曾有一个诗人说过
那里没有智慧、暮年或地狱,
甚至,没有死亡。

1944 年 6 月 25 日,列宁格勒

悼念一位朋友

胜利日,薄雾迷蒙,温柔,
绯红的破晓如燃起的烟缕,
而迟来的春天,像一个寡妇
在无名者墓堆前忙碌。
她双膝着地,察看,屈身,
她对着嫩芽吹气,轻抚,
她帮助一只粉蝶从肩上飞向地面,
让第一朵蒲公英绽开绒球。

1945 年 11 月 8 日

第一哀歌：历史序曲[1]

> "我不再生活在那里……"
> ——普希金

陀思妥耶夫斯基的俄罗斯。月亮
几乎被钟楼遮住了四分之一。
酒吧喧闹，四轮马车轻快。
在戈罗霍瓦亚大街，靠近兹拉梅尼耶和斯莫尔尼宫，
一座巨兽般的五层商厦耸起。
舞蹈课和外币兑换标志到处都是，
还有那些名品店："亨利特""巴赛尔""安德烈"……
"老舒米罗夫"则专售名贵棺材。
不过，这座城市变化不算太大，
它有时看上去仍像一幅老式石版画，
（不只是我注意到这一点）

---

[1] 该诗为未完成的组诗《北方的哀歌》第一首。

虽非一流,但也相当体面,
出自七十年代的风格,我猜。
  尤其是在冬天,黎明时分
  或是黄昏——大门后面
  里特黎大街显得更黑,坚硬,笔直,
  还没有被现代的时尚冒犯,
  而在我家对面——涅克拉索夫
  和萨尔蒂科夫[1]……每一个都钉在墙上。
  哦,如果他们看到这些铜牌
  该有多害怕!我走过去。
老鲁萨的运河是多么优美,
还有小花园里那个朽坏的凉亭,
而窗玻璃像冰窟窿一样黑,
似乎有什么我们不便窥探的事情
在那里发生。让我们走吧。
并不是每一个地方都愿意
坦露它的秘密。
(我再也不会到奥普提纳[2]来了……)

---

[1] 涅克拉索夫(1821—1877),俄国著名诗人;萨尔蒂科夫(1826—1889),俄国著名讽刺作家。
[2] 奥普提纳,一个著名修道院所在地。

而裙子窸窸窣窣,方格地毯,
胡桃木框的镜子,
卡列尼娜式的美令人惊叹;
在一盏昏黄的煤油灯下,
那窄窄廊厅里的墙纸,
曾是我们小时候眼睛的盛宴,
同样的绒布也仍搭在扶手椅上……

  但是一切都乱套了,急促,不知怎么地……
  父辈和祖辈们莫名其妙。
  土地被抵押。而在巴登[1]———一场豪赌。

那个女人[2]有一双透亮的眼睛,
(如此深蓝,凝望着它们
就不能不想到大海)
还有一个很少见的名字和一双洁净的手,
而她的善良作为一笔
我继承的遗产,它似乎是——
我艰难生涯中最无用的礼物……

---

 [1] 即德国的著名赌场和疗养地巴登—巴登,陀思妥耶夫斯基常去那里赌博。
 [2] 指的是诗人的母亲伊娜·戈连科(1852—1930)。

整个国家冷得发抖,那个鄂木斯克的囚犯[1]
洞察一切,为这一切画着十字。
现在他搅动缠绕他的一切,
并且,像个精灵似的
从原始的混乱中挣出。子夜的声音,
他的笔尖的沙沙声。一页又一页
翻开谢苗诺夫刑场的恶臭。

那就是我们决定降生的时候,
恰逢其时,以不错过
任何一个将要来临的
庆典。我们告别存在的虚无。

1940 年 9 月 3 日,列宁格勒

1943 年 10 月,塔什干

---

[1] 指的是陀思妥耶夫斯基。陀思妥耶夫斯基 1849 年 4 月 23 日因牵涉反对沙皇的活动被捕,并定于 11 月 16 日在谢苗诺夫刑场执行死刑,在行刑前才改判成流放,被押送至西伯利亚鄂木斯克军事监狱。

第七哀歌：抒情随感

（残片）

……一个可怕的声音读着这份指控名单，
人们都认为那是一个人在念，
但它却是一个狂暴的扩音筒，
不断地重复这相同的三十个短语，
为那整整的三十年。
每个人记得每件事
并知道每个逗号的去处。

我守护
并非我的声音，而是我的沉默。

1958 年

你的山猫似的眼睛,亚细亚[1]

你的山猫似的眼睛,亚细亚,
对我反复察看着,
你哄着我,要我道出那些潜伏的
我一直默默忍受的东西,
那种压抑,那些难以承受之物,
在这特尔梅日的热浪的正午。
仿佛一道熔化的熔岩
突然涌进我意识中所有黑暗的记忆,
我啜饮着我自己的哽咽——
从一个陌生人的手掌中。

1945 年

---

[1] 战争期间,阿赫玛托娃从列宁格勒被疏散到苏联位于亚洲部分的塔什干地区。阿赫玛托娃外祖父家族有着蒙古人血统。

远处似有一个浮士德的剪影

远处似有一个浮士德的剪影——
在耸立着许多黑塔的城里,
塔上的铃声伴着大钟的摇晃
酝酿着夜半雷暴的脉动。
而那个老人,带着非歌德的命运,
来到熙熙攘攘的旧市场中间,
他召唤那个跟他讨价还价的魔鬼,
并琢磨着,为了我们的遗产,
怎样来做这笔交易……
而小号哀哭着,似被死神传唤,
小提琴也弯得更低,似在鞠躬。

*

于是另外一些奇怪的乐器发出

警告，一个女性的声音即刻反应
——也就在那一刻，我醒来。

1945 年

诗三首

1

是该忘记骆驼的骚动
和茹可夫斯基街上白色房子的时候了。[1]
是时候了,是找寻桦树和蘑菇,
走向莫斯科郊外广阔秋野的时候。
一切都在闪光,一切都披上露珠,
天空朝更高更远处漂流,
而诺加切夫公路[2]忆起了
青年勃洛克强盗般的口哨声……

1944—1950 年

---

[1] 这首回忆勃洛克的诗起始于塔什干,开头两句都与塔什干的风物和街道有关。

[2] 诺加切夫公路,连接莫斯科和肯斯克地区的公路,勃洛克的家族在那里有一处庄园。

2

在黑暗的记忆里翻寻,你会发现
那同样长的手套,
和彼得堡的夜。以及,昏暗包厢里
那甜蜜而又让人窒息的气味。

而风从海湾吹来。那里,诗行
在"哦"和"啊"之间迂回,
那嘲弄般对你微笑的,是勃洛克——
时代的悲剧男高音。[1]

1960 年

3

他是对的——再一次,路灯,药店,[2]
涅瓦,沉默,花岗石……

---

[1] 据传记材料,在一次朗诵会上,阿赫玛托娃怯于在勃洛克之后上场,勃洛克对她说:"得了吧,安娜·安德烈耶夫娜,咱可不是男高音。"
[2] 阿赫玛托娃在这里套用了勃洛克著名诗篇《死之舞》的开头:"夜晚。路灯。药店。"

这个男人站在那里,就是一座
这个世纪开始的纪念碑——
当他对普希金之家说再见[1]
并挥动他的手臂,
那一刻,像是接受了致命的一颤,
作为一种不应得到的安宁。

1946 年 6 月 7 日

---

[1] 该句指向勃洛克的诗《给普希金之家》。

我对每个人说再见

我对每个人说再见,
而在耶稣复活的这一天,
对那些背叛过我的人,我吻额头,
而对不曾这样的人——我吻嘴唇。

1946 年

对你，俄语有点不够

对你，俄语有点不够，
而在所有其他语言中你最想
知道的，是上升与下降如何急转，
以及我们会为恐惧，还有良心
付出多少代价。

1956 年

别重复

别重复——你的灵魂足够丰富——
重复以前已说过的那些东西,
但也许诗歌就是对它自身——
一种光彩夺目的引用。

1956 年 9 月 4 日

他们会忘记？多么稀奇！

他们会忘记？多么稀奇！
他们忘记我已有一百次了。
一百次我被埋葬，也许
至今我还躺在那里。
但是缪斯，也曾又聋又哑，
像谷粒一样腐烂在地里，
仅仅，为了像灰烬中的凤凰，
再次腾飞于蓝色的大气。

1957 年 2 月 21 日，列宁格勒

8 月

你这正直而又狡猾
在所有月份中最吓人的月份：
每一个 8 月，我的上帝，
如此多的忌日，如此多的死者。[1]

绝对的酒和神圣的油……
救世主，想象的盛宴，星辰的拱顶！……
它引导人们就像那条林荫路，
从黎明红色的余晖到永不
消散的风霜雪雾——
它引领人们，就像一道斜梯。

它假装成为一个迷人的森林，
但是它失去了魔力。

---

[1] 8 月份对阿赫玛托娃来说，总是与死亡相联系：古米廖夫在 8 月份被处决，勃洛克病死于 8 月，茨维塔耶娃于 8 月的最后一天自杀。

它是希望的"有效的治愈"
在相反证据的沉默席位……

*

而现在!你,新生的悲伤[1],
开始绞杀我像一条收缩的蟒蛇……
并发现在我的枕畔,
黑海在怒吼。

1957 年 8 月 27 日,科马罗沃

---

[1] 新生的悲伤,阿赫玛托娃的友人、学者鲍里斯·托马谢夫斯基 1957 年 8 月 24 日死于海难。

音乐

——给 D.D.S.[1]

一些神奇的火焰在她体内燃烧,
边缘显出晶面,就在眼前。
当其他人不敢靠近之时,
她独自前来同我说话;
当最后的朋友转开他们的目光,
她来到墓中与我为伴。
恍若第一阵天庭的雷暴开始歌唱,
或是所有的花朵为我绽开。

1957—1958 年

---

[1] D.D.S,即音乐家肖斯塔科维奇(Dmitri Dmitriyevich Shostakovich, 1906—1975)。

海滨十四行

这里的一切都将活得比我更长久,
一切,甚至那荒废的欧椋鸟窝,
和这微风,这完成了越洋飞行的
春季的微风。

一个永恒的声音在召唤,
带着非尘世的不可抗拒的威力,
而在盛开的樱桃树上空,
一轮新月流溢着光辉。

如此清澈可辨,
绿宝石矮树丛中的白光在增长,
而路通向哪里——我不说……

在树干中有着更明亮的寂静,

每样事物都相似于敞开的林荫道,

沿着这皇村的池塘……

1958 年 6 月,科马罗沃

诗人之死[1]

> 回声像鸟儿一样回答我
> ——鲍·帕

1

昨天无与伦比的声音落入沉默,
树木的交谈者将我们遗弃。
他化为赋予生命的庄稼之穗,
或是他歌唱过的第一阵细雨。
而世上所有的花朵都绽开了,
却是在迎候他的死期。
但是突然间一切变得无声无息,
在这承受着大地之名的……行星上。

---

[1] 这是阿赫玛托娃闻讯帕斯捷尔纳克死于癌症后写的一首哀歌,当时她自己也因心脏病复发住在莫斯科一家医院里。

2

就像盲俄狄浦斯的小女儿，
缪斯把先知引向死亡。
而一棵孤单的椴树发了狂，
在这丧葬的五月迎风绽放——
就在这窗户对面，那里他曾经
向我显示：在他的前面
是一条崎岖的、翅翼闪光的路，
他将投入最高意志的庇护。

1960 年 6 月 11 日

什么？仅仅十年，你开玩笑，我的主！[1]

什么？仅仅十年，你开玩笑，我的主！
难道你这么快就回来了？
我真的没有等待——你和我已经道别，
在一个如此奇怪而陌生的冬天。

1960 年

---

[1] 以赛亚·伯林 1956 年重访苏联并给阿赫玛托娃去了电话。

故土

> 世界上没有人比我们更单纯，带着
> 更多的自豪，更少的眼泪。[1]
> 　　　　1922 年

我们不把她珍藏在护身符里戴在胸前，
我们也不，以抽噎的哽咽，为她谱写诗篇，
她不曾打扰我们苦涩的睡梦，
似乎也从不给我们许诺人间的乐园。
在我们这里，我们不会把她看成
一件可以出售或买来的物品，
我们受苦，疼痛，在她身上漫游，
我们甚至没有想起过她。
　　是的，对我们它是套鞋里的尘土，
　　对我们它是牙齿间的飞沙，

---

[1] 引自诗人自己 1922 年写下的诗《我不属于那些背井离乡者》。

而我们咬磨它,捏揉它,踩踏它,
这无辜的温顺的泥土。
但是当我们躺下来我们成为她的种子和花朵,
因而我们可以无愧地称她为——"我们的"。

1961年,列宁格勒,海港医院

给斯大林的辩护者们

这些呼喊着"为我们在盛典上
释放巴拉巴[1]"的人,
也正是那些下令苏格拉底
在赤裸的牢房里喝下毒药的人。

这些人应该摇晃着这种饮料
倒入他们自己无知、诽谤的嘴里,
这些严刑拷打的爱好者,
孤儿产业的生产能手!

1962 年

---

[1] 巴拉巴,《圣经》记载的一名犹太死囚的名字,经人怂恿,民众要求赦免此人而处死耶稣。

一组四行诗

1

什么是战争、瘟疫——结局在临近,
它们的判决也将宣布。
但是谁将为我们辩护,从那恐怖中,
它曾被称为"时间的溃逃"?

1962 年

2

金子生锈,钢铁腐烂,
大理石成碎屑——每一样都在死亡的辖区。
人世间最可信赖的,是悲哀,

而最能持久忍受的,是词语。

1945 年

3

每一棵树上,都钉着上帝,
每一束庄稼穗都是基督的身体,
而祈祷者纯洁的话语
治愈我们肉身的疼。

1946 年

4. 致诗歌

你领着我进入无路的密林,
穿过黑暗,像一颗飞逝的星。
你苦涩,你很会哄骗人,
但是安慰——从不。

1946 年

5

……就在这微风中,
思想,感觉——消散……
这些天,甚至永恒的艺术
都在轻轻穿行。

塔什干

6

那是刺伤,和丰富,
那颗心里……藏有很多!
为何你愧疚难言?
我又没有看着你!

20 世纪 10 年代

7. 名字[1]

密集，鞑靼式的，
来无踪去无影，
它刺向我自己冒出的任何泡泡，
这名字本身——就是麻烦。

8. 恶魔的结局

就像我们受到启发的弗鲁贝尔[2]，
一道月光映出那个侧面像。
而受祝福的风，揭示出
什么是莱蒙托夫所隐藏的。

1961 年

9

我的心变得饱满，

---

[1] 暗指诗人自己的笔名"阿赫玛托娃"。诗人有着鞑靼血统，其外祖父家族往上可追溯到 13 世纪征服俄国的一位蒙古可汗——阿赫玛特汗。

[2] 弗鲁贝尔（1856—1910），俄国著名画家，曾以莱蒙托夫的叙事诗《恶魔》为主题作画《安坐的恶魔》。

当我喝下这沸腾的热……
奥涅金巨大的、在空气中的头,
像一团云,出现在我的头顶上。

10

我现在不会为我自己哭泣,
但是别让我在大地上充当见证,
使失败的金色印章
打在那些未受惊骇的眉头上。

1962 年

11

名声如天鹅一样浮游,
穿过烟缕和金色的空气。
但是你——爱,却总是
我的绝望。

20 世纪 10 年代

索福克勒斯之死

> 于是国王了解到索福克勒斯的死情
> ——传说

某天夜里一只鹰从天外飞向索福克勒斯的房子,
蝉的合唱突然在花园里变成悲切的嘈杂声。
就在那房子里,天才进入永恒,
并经过他所爱的城邦墙外的敌方阵营。
于是国王梦到了一个奇怪的梦:
竟是狄奥尼索斯命令他推迟攻城,
以便战争的喧嚣声不打扰葬礼,
雅典人可以向他们最热爱的人致敬。

1961 年

你不必回答我了

你不必回答我了。
现在,你可以放心入睡。
强权即真理,不过,你的孩子们
会替我诅咒你。

1913 年的彼得堡

在关厢外,手风琴哀泣,
有人领着一头熊,吉卜赛人在跳舞,
在凹凸不平、布满痰迹的路上。
一艘蒸汽轮船驶向斯克尔比亚斯察亚,
它的忧郁的汽笛声
在涅瓦河上引起阵阵战栗。
黑暗的风携带着自由和热望,
就像"人民意志"[1]的记忆。
这里,距闷热的戈亚齐校场[2],
仅有石头一掷之遥。

---

[1] "人民意志"为19世纪末期一个政治团体,与1881年暗杀沙皇亚历山大二世的事件有关。
[2] 戈亚齐校场为彼得堡城外一个罪犯出没、堆放垃圾的场地。十月革命后成为布尔什维克党人处决"反革命分子"的刑场。

还有更热闹的事情发生,
但我们走吧——我没有时间浪费。

           1961 年

科马罗沃速写

啊哀哭的缪斯
　　　——玛丽娜·茨维塔耶娃

……我在这里放弃一切，
放弃所有来自尘世的祝福。
让树林里残存的躯干化为
幽灵，留在"这里"守护。

我们都是生命的小小过客，
活着——不过是习惯。
但是我似乎听到在空气中
有两个声音在交谈。[1]

两个？但是在靠东头的墙边，

---

[1] 这"两个声音"指曼德尔施塔姆和帕斯捷尔纳克。

在一簇悬钩子嫩芽的纠缠中，
有一枝新鲜、黑暗的接骨木探出
那是——来自玛丽娜的信！[1]

1961年11月19—20日，在医院里

---

[1] "玛丽娜"指的是诗人玛丽娜·茨维塔耶娃，茨维塔耶娃曾创作有名诗《接骨木》。

医院里祈祷的日子

医院里祈祷的日子,
而不远处,就在墙的那边——
那银色的海,可怕,就像死亡。

1961 年 12 月 1 日,列宁格勒,港口医院

不要害怕，我依然还能描绘[1]

> 我放弃了你的海岸，皇后，
> 　　违背我意愿地。
> 　　　　——《埃涅阿斯纪·卷六》

不要害怕，我依然还能描绘
我们现在的模样。
你是一个幽灵，或一个路过的人，
而我珍藏你的身影，如一个秘密。

曾经，你是我的埃涅阿斯——
正是那时候我利用火逃离。
我们知道如何对另一个保持沉默，
而你已忘记那座被诅咒的房子。

---

[1] 阿赫玛托娃的这首十四行诗写给英国著名学者以赛亚·伯林。伯林1946年间对她的访问，给她带来了欣喜，但也带来了灾难。对伯林，阿赫玛托娃终生难以释怀。

你忘记了那些从火焰中伸向你的
恐惧并受尽折磨的手,
以及被烧焦之梦的煳味。

你不知道因为什么你会忘记……
罗马被创造,舰队在海上航行,
而谄媚之声在高歌着胜利。

1962 年,科马罗沃

最后的玫瑰

你将以斜体书写我们[1]
　　——约·布罗茨基

我不得不和莫洛佐娃[2]一起屈膝,
与希律的继女一同起舞,
随狄多[3]的火焰飞灭,
为了回到贞德的灰烬里。

主啊!你看,我已倦于
生存、死亡和复活。

---

[1] 引诗出自布罗茨基为阿赫玛托娃的生日写下的一首献诗《公鸡开始啼鸣……》。

[2] 莫洛佐娃,俄罗斯宗教改革的牺牲品,她是显赫的贵族,曾向旧礼仪派领袖提供物质帮助,1671年根据沙皇的命令被逮捕,最后死于被幽禁的修道院中。苏里柯夫曾作有名画《女贵族莫洛佐娃》,描绘这位女贵族被押解通过莫斯科大街的情景。

[3] 狄多,迦太基女王。据古罗马诗人维吉尔在《埃涅阿斯纪》中描述,埃涅阿斯逃出特洛伊后,在迦太基城受到狄多接待,并成为她的情人。后来埃涅阿斯听从神谕前往罗马,抛弃了狄多,狄多殉情而死。

拿走一切吧,但请留下这枝

让我重新呼吸的深红色玫瑰。

1962 年 8 月 9 日

这就是它，一个果实累累的秋天

这就是它，一个果实累累的秋天！
它被带到这里，已经很晚。
但是有十五个充满生机的春天，
我不敢从大地上站起。
现在，我这么近地观看它，
紧贴着它，把它满满地搂在怀里，
而它神秘地，把一股奇异的力量
注入这命定毁灭的躯体。

1962 年 9 月 13 日，科马罗沃

春天到来前的哀歌

> 你这安慰过我的人。
> ——钱拉·德·奈瓦尔[1]

暴风雪在松林里渐渐止息,
没有饮酒却沉醉了,
那里,寂静像是奥菲丽娅
彻夜为我们歌唱。

而那个仅仅为我出现的人,
已属于寂静本身,
他已告辞,而又慨然留下,
至死要和我守在一起。

1963 年 3 月 10 日,科马罗沃

---

[1] 钱拉·德·奈瓦尔(Gérard de Nerval, 1808—1855),法国象征主义诗人。

透过一面镜子

噢,女神,保持祝福
塞浦路斯和孟菲斯……[1]
　　　　——贺拉斯

她如此年轻,而她的美
并非来自我们这个世纪,
我们永不单独在一起——她,第三者,
不会撇下我们,不曾。
你朝她悄悄地挪动着扶椅,
我慷慨地和她一起分享着鲜花……
我们在做什么——天知道,
只是每一刻都变得更为可怕。
像是从牢房里释放的狱友,
我们对对方都有一些了解,

---

[1] 原引文为拉丁文,"孟菲斯"为古埃及城市。

这让人恐惧。我们是在同一个地狱圈里。

但也许,那终归不是我们。

1963 年 7 月 5 日

这片土地

这片土地,尽管不是我的故土,
我将永远记住。
从海上涌来的水流冷冽,
但不是苦涩的咸水。

它底部的沙砾比白垩还耀眼,
而空气令人陶醉,像酒,
松树的玫瑰色躯干
此刻也全然裸露于黄昏。

而如此的以太波浪中的日落,
我再也不能领会,
无论它是一天的尽头,还是世界的尽头,
或是从我生命中再次涌起的神秘。

1964 年

摘自旅行日记

闪耀的阳光——这是审判日，
而会见比分离更苦涩。
那里，授予我以死者的名声，
是你的活生生的手。

1964 年

致音乐

（选节）

只有生命是善忘的——不是她的姐妹,
那最终的睡眠。昨天,今天,
她不断进入这座约定的房子,
而大门整天一直为她敞开。

1964 年

  谁派他到这里来,
  径直从所有的镜子中?
  无辜的夜,寂静的夜,
  死亡派来了新郎。

不是和安慰我的你处在一起,
不是对着你我请求原谅,

那不是你的脚我被卷在下面，
那不是你——我在夜里惊恐地面对。

痛苦被证实为我的缪斯，
她和我不知怎么的就穿过了
一个没有任何许可的禁地，
那里，一个隔离居住之所，
鸟身女妖在品尝着邪恶。

我们就这样垂下我们的眼睛，
把花束扔在床上；
我们直到最后也不知道
该叫对方什么，
我们直到最后也不敢
念出那个名字；
仿佛，接近目标，我们放慢了步子，
在这充满了魔法的路上。

1965年2月，莫斯科

必然性最终也屈服了[1]

必然性最终也屈服了，
犹豫地，她自己退闪到一旁。

1966 年 2 月

---

[1] 1966 年 3 月 5 日，诗人因心肌梗死逝世，这两句诗是她最后留下的诗行。

Осип Мандельштам

奥西普·曼德尔施塔姆（1891—1938），生于华沙，父亲为犹太裔皮革商人，诗人在圣彼得堡度过了童年和青少年时期，后来曾在巴黎和海德堡短期留学。早年曾参与"阿克梅派"运动，和古米廖夫、阿赫玛托娃一起成为其代表诗人，后来进一步转向新古典主义，代表作有《无论谁发现马蹄铁》等诗。曼德尔施塔姆一生命运坎坷，居无定所，被称为"时代的孤儿"。1935年5月因为《我们活着，却无法感到脚下的土地》一诗遭受厄运，流放在沃罗涅日三年，流放结束后不久被再次带走，1938年12月末死于押送至远东集中营的中转营里。诗人生前曾出版诗集《石头》《哀歌》《诗选》，散文集《埃及邮票》《词与文化》等。在他死后多年，由他的遗孀和朋友所保存的《莫斯科笔记本》《沃罗涅日笔记本》等后期作品才得以问世。现在，曼德尔施塔姆已被公认为20世纪俄罗斯最伟大的诗人和世界性的现代诗歌大师之一。

奥西普·曼德尔施塔姆诗选

只读孩子们的书

只读孩子们的书,
只喜欢孩子们的念头;
抛开那些成年人的重负,
从深深的悲哀中出来。

我厌倦了这死一样的生活,
我对它一无所求。
但是我爱这贫穷的大地,
因为除了它我再没有别的。

在一个遥远的花园我荡着
荒废的木头秋千,
我忆起一棵高耸的黑色云杉,
在微醉般的发烧里。

1908 年

这里，丑陋的癞蛤蟆

这里，丑陋的癞蛤蟆
跳跃在茂密的草丛里。
除了死亡，否则
我永不知道我还活着。

尘世的生命，尘世的美，
你们要我归属于你？
但是只有她，在提醒我
我是谁，以及我梦到谁。

1909 年

我该怎么办,对这给予我的肉体

我该怎么办,对这给予我的肉体,
这唯一属于我的而又丰富的东西?

为这静静的呼吸的幸福,为能够
活着,告诉我,我该感谢谁?

我是园丁,也是花朵,并不孤独
在这世界的牢狱里。

我的温暖,我的呼气,已经出现在
永恒的窗玻璃上。

这呼吸的冷凝就印在那里,
在这之前一直未被认出。

肉体的痕迹会随时消失，
珍爱的模型无人可以擦除。

1909 年

没有必要诉说

没有必要诉说，
没有什么值得去学；
一颗黑暗的野兽的心
多么悲哀多么典型！

更不想教别人什么，
言语毫无用处；
一只年轻的海豚游在
世界灰色的海湾里。

1909 年

沉默[1]

她还没有诞生,
她既是词语,又是音乐,
生命永恒的维系,
在一切活着的事物中。

大海的胸膛静静地呼吸,
发疯的日子闪光,
浪花的苍白丁香绽放在
它的灰蒙发蓝的碗里。

愿我的嘴唇止于
原初的哑默,
这水晶般清晰的声音,
像它生来一样纯净。

---

[1] 原题为拉丁文"*Silentium*"。

阿弗洛狄忒[1]，请留在浪花里，
词语，请回到音乐中；
融入最本质的生命——
心，这颗羞愧的心！

1910年

---

[1] 阿弗洛狄忒，希腊神话中的爱与美神。

哦天空，天空，我会梦见你

哦天空，天空，我会梦见你！
你不可能全都变得盲目，
白昼也不可能燃尽，像一张白纸：
只剩下一缕烟，一撮灰烬！

1911 年

致安娜·阿赫玛托娃

你像个小矮人一样想要受气,
但是你的春天突然到来。
没有人会走出加农炮的射程之外
除非他手里拿着一卷诗。

1911 年

只有很少一点生活……

只有很少一点生活是为了永恒的缘故。
但是如果你被这激情的瞬间弄得很焦虑
你抽到的签会是恐惧而你的房子将摇晃！

1912 年

在雾霭中你的形象

在雾霭中你的形象
难以辨认,令我痛苦
不安,我一失声
叫出:"上帝好!"

主的名字——一只大鸟
顿时从我胸中飞走。
前面,一阵浓雾回旋,
后面,一只空的鸟笼。

1912 年

巴黎圣母院

这里,在罗马人审判异族人之地,
长方形大教堂矗立,像最初欢愉的
亚当,一道拱顶展现它的肋骨,
撑着,肌肉紧绷,永不气馁。

而从外面看,骨架背离了初衷:
那飞耸的护壁,腰带似的回廊,
为的是宏伟的弥撒不会挤破墙壁,
并抵消任何外来攻城槌的冲力。

元素的迷宫,不可测度的森林,
哥特式灵魂的理性深渊,
埃及人的强悍与基督徒的羞怯,
橡树带着芦苇,沙皇一样垂立。

巴黎圣母院,我愈是沉迷于

琢磨你的顽固性和你磅礴的穹顶,
便愈是渴望:有一天我也将
摆脱这可怕的重负,创造出美。

1912 年

猎手已给你设下陷阱

猎手已给你设下陷阱,牡鹿,
森林将为你哀悼。

你可以拥有我的黑色外套,太阳,
但是请为我留下生存的力量!

1913 年

彼得堡之诗

——给 N. 古米廖夫

呼啸的暴风雪飞旋
飞旋在浑黄的政府大楼上,
当法学家重又爬进雪橇,
抱臂掩紧阔绰的外套。

港口在过冬。直射的太阳下,
船舱的厚玻璃被点燃。
像船坞的战舰,巨兽般的
俄罗斯,进入沉沉的休眠。

而涅瓦河那边,是半个世界的使馆,
是海军部的尖塔,太阳和沉默!
而国家粗糙的紫袍已被
磨穿,如破绽百出的衣衫。

郁闷压向北方的势利眼——
奥涅金[1]那古老的厌烦；
参议院广场外堆起了雪墙，
那篝火的烟缕，刺刀的微寒……

而小艇在破冰舀水，海鸥
在大麻仓库上空翻飞、盘旋，
歌剧院一带，乡下人在叫卖，
兜售热蜂蜜茶和面包圈。

一辆辆豪车飞驶进浓雾中，
一个寒碜而自尊的徒步者——
典型的怪人叶甫盖尼：他耻于贫穷，
吸入汽油而把命运诅咒！

1913 年

---

[1] 奥涅金，普希金长篇诗体小说《叶甫盖尼·奥涅金》的主人公。

阿赫玛托娃

半侧过身来,哦,悲哀,
你迎向这世界的冷漠。
那条仿古典的披巾从肩上
滑落,变成了石头。

不祥的声音——苦涩的狂喜——
孕育未拘禁的灵魂:
像拉切尔,你曾让一个
愤怒的菲德尔[1]挺立。

1914 年

---

[1]《菲德尔》为法国剧作家拉辛的最后一部悲剧杰作,1914 年曾在彼得堡上演,由法国著名女演员拉切尔主演。唐纳德·雷菲尔德在《曼德尔施塔姆的生平和创作》中曾这样描述当时的情景,说它"令人惊愕,难以忘怀,仿佛那不仅仅是一个神秘的女王,还是太阳女神和整个文化的消亡"。

马蹄的踢踏声……

马蹄的踢踏声……时间的
由远而近的嘚嘚声。
而守院人,裹着羊皮外套,
在木头长凳上酣睡。

一阵铁门上的叩打声,
弄醒了王室般慵懒的看门人,
他那狼一样的哈欠
让人回想起锡西厄人[1]。

而奥维德[2],怀着衰竭的爱,
带来了罗马和雪,

---

[1] 锡西厄人,古希腊的一个游牧部落。古希腊历史学家希罗多德曾将锡西厄人描述成野蛮人。

[2] 奥维德,古罗马诗人,公元前43年生,公元8年被罗马皇帝流放到锡西厄人居住的荒蛮偏远的黑海北岸一带,十年后在那里忧郁而死。

四轮牛车的嘶哑歌唱
升起在野蛮人的队列中。

1914 年

欧罗巴

大海抛出的这最后一片大陆,
像一个地中海螃蟹或一颗海星。
惯于沿着广阔的亚洲和美洲冲刷,
拍打着欧罗巴时,涛声变得低弱。

她的活生生的海岸呈锯齿状,
而那挺向空中的半岛,犹如雕刻;
还有那些女性般柔媚的海湾——
慵懒的热那亚,弧形的比斯开。[1]

一片征服者的土地,悠久古老,
披着神圣同盟[2]的破烂衣衫;

---

[1] 热那亚,意大利北部海湾;比斯开,法国西海岸和西班牙北海岸之间的海湾。
[2] "神圣同盟"为奥地利、俄罗斯和普鲁士三国君主在打败拿破仑后缔结的同盟,目的是维护君主政体。

西班牙的脚后跟,意大利的墨杜萨[1],
温柔的波兰,没有国王。

恺撒们的欧罗巴!而自从
梅特里奇[2]的鹅毛笔指向波拿巴——
一个世纪过去,你神秘的地图
在我的眼中已悄然转化。

1914 年

---

[1] 墨杜萨为希腊神话中的女妖,因冒犯女神雅典娜,头发变成毒蛇,后被珀尔修斯杀死,但她被砍去的头颅,谁看上一眼,就会变成石头。

[2] 梅特里奇(1773—1859),1809 年起任奥地利帝国外交大臣,代表奥地利签署《枫丹白露条约》,并流放拿破仑·波拿巴。梅特里奇为神圣同盟的核心人物之一。

黄鹂在树林里鸣啭

黄鹂在树林里鸣啭,拖长的元音
是重音格律诗唯一的尺度。
但是每年只有一次,大自然
绵延和溢满,如同在荷马诗中。

这一天打着哈欠,如同诗中的停顿:
清晨起便是安谧和艰难的持续;
牧场上的牛,一种金色的慵懒,已不能
从芦管里引出全部音调的丰富。

1914 年

大自然也是罗马

大自然也是罗马,它被罗马反映。
透明的空气里,我们看到它
现世的伟力,像一个淡蓝色竞技场,
在丛生的柱廊间,在田野的论坛上。

再一次,大自然也是罗马,好吧,
为什么我们非得去打扰众神?
我们有动物冒烟的内脏预测战争,
有奴隶维持沉默,有石头砌进墙壁!

1914 年

让这些绽开的城市名字

让这些绽开的城市名字
拂过耳朵，以它们短暂的声誉，
不是罗马，作为永久之城
而是人在宇宙中的位置。

帝王们试图统治它，
牧师们用它作圣战的依据，
而没有那个位置，庙宇和祭坛，
不过是废墟上可怜的垃圾。

1914 年

致安娜·阿赫玛托娃

一张被悲哀镀亮的脸,
某种衰竭的微笑。
难道,一个鞑靼女人也意味着
要承受所有但丁的折磨?

1915 年

失眠。荷马。绷紧的帆

失眠。荷马。绷紧的帆。
舰只的编目我已读到了一半:
这长长的队列,这鹤群的涌动,
曾蔚然云集于贺拉斯[1]岸边。

鹤群的箭阵穿越陌生边界,
首领们头顶众神浪花的冠冕。
你们驶向何方,阿卡亚的勇士?
如果没有海伦,特洛伊又有何用?

荷马和大海:一切都被爱驱动。
我该倾听谁?荷马如今也沉默了,

---

[1] 贺拉斯,希腊的古称。

而浪潮从黑海上涌起,喧哗如雄辩,
沉重的轰鸣,碎裂在我的床头。

1915 年

这个夜晚不可赎回[1]

这个夜晚不可赎回。
你在的那个地方,依然有光。
在耶路撒冷的城门前
一轮黑色的太阳升起。

而黄色的太阳更为可怖——
宝宝睡吧,宝宝乖。
犹太人聚在明亮的会堂里
安葬我的母亲。

没有祭司,没有恩典,
犹太人聚在明亮的会堂里
唱着安魂歌,走过

---

[1] 这是诗人为母亲的去世写的一首挽歌。诗中"黄色的太阳"指向犹太民族的象征性颜色。娜杰日达·曼德尔施塔姆曾说诗人在母亲死后就"回到了自己的本源"。

这个女人的灰烬。

但是从我母亲的上空
传来了以色列先人的呼喊。
我从光的摇篮里醒来,
被一轮黑太阳照亮。

1916 年

最后的麦秆儿[1]

1

小小的麦秆儿,你在巨大的床上醒着,
似在等待高高的顶篷往下坠,
那提升的顶篷,壮丽的顶篷,落下
沉着,笨重——多么悲哀——落在你优雅的眼睑上。

哦清亮的麦秆儿,干燥的麦秆儿,
你吸收了死亡而变得更加动人,
我甜蜜的小麦秆儿,你死了,被扯断了——
不是裸露的莎乐美,只是一根细细的麦秆儿。

---

[1] 该诗俄文原题为"Solominka",它同时意味着"小麦秆儿""小莎乐美"。莎乐美,《圣经》记载中的古巴比伦国王希律王和其弟妻子所生的女儿,她的美无与伦比。曼德尔施塔姆的这首诗献给彼得堡著名的女明星莎乐美·尼古拉耶芙娜·安德洛妮科娃,他曾爱上她。

而失眠让一切事物都更沉重，
沉默更强烈，痛苦更集中，
镜子里映现出枕头的白色微光，
床铺陷入池塘的圆形漩涡中。

不，不是小小的麦秆儿，身披庄重的绸缎，
是黑色的涅瓦河流过巨大的房间；
十二个月亮唱着这死亡的时刻，
空气中飘浮着淡蓝色的冰。

威严、宏伟的十二月的气流在呼吸，
仿佛沉重的涅瓦河流过室内。
不，不是我的麦秆儿——是莉吉娅[1]在死去——
哦被祝福的词，现在我学会了你们。

2

被祝福的词，现在我学会了你们——

---

[1] 莉吉娅，爱伦·坡小说中的女主人公，因爱的力量从死亡中复活。

列诺儿[1]，麦秆儿，莉吉娅，塞拉菲塔[2]。
沉重的涅瓦河缓缓流过室内，
从花岗岩溢出了靛蓝色的血。

威严、宏伟的十二月在涅瓦河上闪耀。
十二个月亮歌唱这死亡的时刻。
不，不是我的麦秆儿，身披庄重的绸缎，
在品尝这缓慢、痛苦挣扎的寂静。

十二月的莉吉娅活在我的血液中，
她那受祝福的睡眠，在坟墓里。
但是那麦秆儿，也许就是莎乐美，
这哀怜的死者，就这样永远死去。

1916 年

---

[1] 列诺儿，德国民谣中的女主人公。
[2] 塞拉菲塔，巴尔扎克一篇哲理小说中的女主人公。

我们将死在透明的彼得堡

我们将死在透明的彼得堡,
那里,珀耳塞福涅[1]统治着我们。
我们随着呼吸吞下死一般的空气,
每个钟点都是死亡的周期。

大海女神,令人敬畏的雅典娜,
请移动你有威力的石头头盔。
我们将死在透明的彼得堡,
这里的珀耳塞福涅是沙皇,不是你。

1916 年

---

[1] 珀耳塞福涅,希腊神话中冥界的王后。

你说话的样子很奇妙[1]

你说话的样子很奇妙,
好像鹰鹫灼热的鸣叫;
或者说:就像一道夏日雷电
那锦缎般的闪耀?

"怎么啦?"你倦意沉沉。
"嗯,嗯"——我在跟你说话!
而在某地,远处,微弱:
"我还活着,跟你一样……"

他们会说:爱会飞翔,然而
死神拥有更多更强劲的翅膀。
灵魂仍在那里挣扎,
而我们的双唇向她飞去。

---

[1] 在有的英译本中注明该诗献给阿赫玛托娃。

这么多的空气,这么多的
丝绸和微风在你的低语里。
如同漫漫长夜中的盲人,
我们饮下没有太阳的酒水。

1917 年

从瓶中倒出的金黄色蜂蜜……

从瓶中倒出的金黄色蜂蜜如此缓慢
使她有了时间嘀咕(是她邀请了我们):
"悲哀的陶里斯[1],是命运把我们领到这儿的,
我们不该抱怨。"——她边说边回头看。

这里,到处都是酒神在侍奉,好像世界上
只有看客和狗:你见不到别的人。
和平的日子如沉重的橡木酒桶滚动,
远处小屋里的声音——听不明白也无法回应。

茶歇后我们来到棕色的大花园,
黑色的遮帘低垂,犹如眼睑之于窗口;
经过白色的廊柱我们去观赏葡萄园,
那里,空气的酒杯在浇灌沉睡的远山。

---

[1] 陶里斯,克里米亚的古称,位于黑海北岸。在诗人看来,克里米亚是俄罗斯"与希腊世界最接近的地方"。

这些葡萄树,我说,仿佛仍活在古时的战役中——
枝叶覆额的骑士们列成繁茂的队形战斗;
石头的陶里斯有希腊的科学——这里是
高贵的金色田地,一垄垄生锈的犁沟。

而在白色屋子里,寂静如一架纺车伫立,
你会闻到醋、油漆和地窖里新酿的酒味;
还记得吗?在希腊人家,那个款待我们的主妇
(不是海伦——是另一个)——她是否还在纺?

金羊毛,金羊毛,你在哪里呢?
整个旅程是大海沉重波涛的轰响声。
待上岸时,船帆布早已在海上破烂,
奥德修斯归来,被时间和空间充满。

1917 年

哀歌[1]

我已学会离别的科学,
在头发垂散的夜的哀诉中;
牛儿在咀嚼,等待在延长,
这个城镇守夜[2]的最后一刻。
而我敬奉公鸡啼鸣之夜的典仪,
当我扛起悲伤的行囊,
以迷离的泪眼凝望远方,
女人的哀哭混入了缪斯的歌唱。

谁能从"再见"里知道些什么

---

[1] 原诗题为"Tristia",取自古罗马诗人奥维德同题诗集,意为哀歌。在《词与文化》中,曼德尔施塔姆曾这样描述:"在静夜里情人念着情人温柔的名字以代替另一个,突然意识到这以前都曾发生过:词语、头发和在窗外啼鸣的公鸡,它已在奥维德的《哀歌》中啼鸣过了。一种深深的认出的欢乐控制住了他……"

[2] 该行中的"守夜",诗人特意用了一个拉丁词"vigilia"。"这个完全陌异的外来词'vigilia',使整节诗都发生了化学变化。"(企鹅版曼德尔施塔姆诗歌英译本注)

什么样的分离已为我们预备,
火光在卫城上熊熊燃烧,
公鸡的啼鸣又预兆着什么,
当牛儿在厩栏里慵懒地嚼着,
某个新生命的日子已经破晓,
可为什么,雄鸡,新生活的使者,
却在城墙上拍打着翅膀?

而我喜欢纺织的样子:
梭子来回穿行,纺锤嗡嗡哼唱,
看,一片天鹅的羽毛向我们飞来
那是赤脚的迪莉娅[1]!
哦,生命的经纬多么可怜,
欢乐的语言多么贫乏!
一切都是老套,一切都在重复,
只有辨认的一刻才带来甜蜜。[2]

那就让它这样:一个透明形体
像一张摊开的松鼠皮,
躺在一只洁净的陶瓷盘里,

---

[1] 迪莉娅,希腊神话里提伯卢斯的情人。
[2] 诗人在笔记中曾宣称写作是一种"辨认"。

而一个少女察看它，俯身于熔蜡[1]。
不是我们可以预言希腊的厄瑞玻斯[2]；
熔蜡之于女人，正如青铜之于男人。
我们的命运唯有在战斗中降临，
而她们注定会占卜到死亡。

1918年

---

[1] 普希金在《叶甫盖尼·奥涅金》中曾写到俄罗斯的这种占卜方法：将熔化的石蜡倒入一盆冷水中，然后根据突然凝固的形状来占卜。

[2] 厄瑞玻斯，希腊神话里位于阴阳两界之间的地名；厄瑞玻斯也是混乱之子，黑夜之弟，白昼之父。

一簇光亮在可怕的高处游移

一簇光亮在可怕的高处游移,
但是一颗星能那样明亮地闪烁吗?
哦透明的星,漂流的火,
你的兄弟,彼特罗波利斯[1],正在死去。

在那可怕的高处大地的梦摇曳,
一颗翡翠般的星,流逝,
哦,星——如果你是天空和水的兄弟,
你的兄弟,彼特罗波利斯,正在死去。

一只巨兽般的船在可怕的高处。
展开翅翼,飞去——
哦,绿星,在你光辉的贫困中,
你的兄弟,彼特罗波利斯,正在死去。

---

[1] 彼特罗波利斯(Petropolis),彼得堡人对彼得堡的惯称。这是诗人献给他的故乡城市的一曲哀歌,这一年,彼得堡不再作为俄国首都。

半透明的春天已在黑色涅瓦河上破碎,
永恒的蜡在熔化,熔化,
哦彼特罗波利斯,你的城市,如果你是一颗星,
你的兄弟,彼特罗波利斯,正在死去。

1918 年 3 月

自由的黄昏

兄弟们，让我们庆祝自由的黄昏，
这伟大岁月的黄昏！
森林的拖累的网撒进了
夜的沸腾的水域。
你升向一个湮没的时代，
哦太阳，法官，人民！

让我们赞美这艰难的重负，
它呈现在人民领袖的眼泪中，
赞美这权力的黄昏的重负，
它的难以承受的一切。
哦时代，无论谁只要有一颗心，
就会听到你的船正在下沉。

我们甚至迫使飞翔的燕子
加入战斗军团。

现在我们不能看见太阳了。
所有的自然元素被激活,颤动,
透过那道密集的网,在黄昏中,
太阳隐去,而大地漂流。

但是会失去什么,当我们试着
去转动这笨重的、嘎吱作响的舵轮?
大地浸入海中。鼓起勇气,
兄弟们!当翻卷的波浪被犁开,
即使在忘川的寒冷中我们也仍记得
为这大地我们付出了十个天穹。

1918 年 5 月,莫斯科

沉重和轻柔,你们是同样设计的姐妹

沉重和轻柔,你们是同样设计的姐妹;
熊蜂和黄蜂都吮吸大朵的玫瑰。
一个人死了,炽热的沙石变冷,
昨天的太阳在黑色担架上被送走。

哦,沉重的蜂巢和轻柔的网!
举起一块石头也比为你们命名容易。
这世上只剩下一件事情如金子般
珍贵:让我摆脱时间的重负。

我饮着黑水一样浓密的空气。
时间已被犁铧翻起,而玫瑰曾是土地。
缓缓的涡流中,轻柔的玫瑰沉重旋转,
玫瑰的沉重与轻柔编织出一对花环。

1920 年 3 月,克里米亚

我想要说的话我已忘记

我想要说的话我已忘记。
一只盲燕子飞回到影子住宅,
残破的翅翼在透明之物中扑动。
在遗忘中,它们唱起夜的颂歌。

而众鸟沉默,蜡菊不再绽开,
夜的马群抖动浓密的鬃毛,
一只船的空壳扣在干涸的河上。
在蟋蟀的鸣叫中词语褪色,被淡忘。

然而它缓缓升起,像一个亭子或庙宇,
突然上演安提戈涅的疯狂,[1]
或是坠落在人们脚边,一只死燕子,

---

[1] 在索福克勒斯的悲剧中,安提戈涅是俄狄浦斯的女儿,她不顾国王克瑞翁的禁令,将自己的兄长、反叛城邦的波吕尼刻斯安葬,后被关在一座石洞里,自杀而死。

还带着冥河的温存和一枝绿叶。

哦，也请带回那有灵视的手指
的羞耻，相互辨认的高涨的快乐！
我畏缩于缪斯的狂野悲痛，
以及迷雾、回声和打开的虚空。

它们足以让人沉迷，让人去辨认，
从它们的声音，并移向它们的手指，
但是我要说的话我已忘记。
在影子住宅中，一个无形的思想返回。

那透明之物依然在徒劳地说，依然
是一只燕子，一个姐妹，像安提戈涅一样。
黑晶的冰，冥河记忆的一道反光，
在诗人的嘴唇上燃烧。

$\hspace{10em}$ 1920 年 11 月

我们将重逢于彼得堡

我们将重逢于彼得堡,
仿佛在那里我们埋葬了太阳,
在那里我们会首次发出音来,
为一个无意义而又被祝福的词。
在苏维埃之夜的天鹅绒昏暗中,
在天鹅绒的星际空虚中,被祝福的
女人的可爱眼睛依然在唱,
永恒的花朵依然芬芳。

帝都像一只野猫拱着脊背,
警卫们在桥上站立。
黑暗中一辆布谷鸟轿车疾驶而过,
喇叭声咽,马达发出嗡的一声轰鸣。
但是今夜我不需要通行证,
哨兵的身影也不会使我畏惧;
为那个无意义而又被祝福的词,

我将在苏维埃之夜里祈祷。

一阵轻微的骚动,在剧院里,
而一个女孩发出惊讶的感叹声,
一大束永恒的玫瑰绽放在
爱神阿弗洛狄忒的怀抱里。
为了过冬,我们围着火盆取暖,
也许一个世纪就此逝去,
被祝福的女人以她可爱的手,
最后来收拾轻盈的灰烬。

剧院前排,猩红色的花床还在,
奢华包厢里的那些笑声还在,
还有一个官员喜欢的玩偶……
但不是为了那油滑的低劣的灵魂。
永远别在意,如果我们的蜡烛熄了,
在天鹅绒的星际空虚中。被祝福的
女人的倾斜的肩膀依然在唱,
而你不会注意到夜间的太阳。

1920 年 11 月 25 日

因为我无力紧抓住你的臂膀

因为我无力紧抓住你的臂膀,
因为我放弃了你咸味的温柔的嘴唇,
我必得在卫城的黑暗中等待黎明,
我多么恨它们,这古老木头城的松脂味!

阿卡亚的武士[1]在夜里跨上了战马,
锋利的牙齿啄击着城墙。
什么都不能平息这血的燃烧,
你没有名字,没有模型,谁也不能说出。

我怎敢,怎敢指望你回到我的身边?
为什么我在那样的时刻却放弃了你?
夜色尚未褪去,雄鸡尚未歌唱,
炽热的斧子还未劈进木头。

---

[1] 阿卡亚人,即迈锡尼时代的古希腊人。

松脂在城墙上流淌，像透明的泪。
城市的肋骨在疼——它的木头肋骨。
血液风暴般涌起，直抵云梯，
阿卡亚的武士三次梦见了诱人的形象，

哪里是特洛伊？国王和美女们何在？
普里阿莫斯[1]高筑的鸟窝溃散。
箭矢飞落，像干燥的木头雨，
另一些箭，像榛树一样从地里射出。

最后一颗星星的芒刺消失。
早晨像灰色的燕子拍打着窗户。
未掩埋的一天，像头公牛从草堆中醒来，
在那个因多梦而起皱的广场上。

1920 年 12 月

---

[1] 普里阿莫斯，特洛亚战争时期的特洛伊国王。

夜晚我在院子里冲洗

夜晚我在院子里冲洗,
尖锐的星辰在上空闪耀,
星光,像斧头上的盐——
水缸已接满,边沿结了冰。

屋门紧锁,
而大地怎么感知也显得凄然。
那里没有什么比真理的干净画布
更基本,更纯粹。

一粒星,盐一样,溶化在桶里,
刺骨的水显得更黑,
死亡更清晰,不幸更苦涩,
而大地愈来愈真实,愈来愈可怕。

1921 年

车站音乐会

难以喘气。苍天下蠕虫川流不息,
没有一个星辰发出声音。
但上帝做证,音乐就在我们上方升起——
永恒的女性在唱,车站开始颤抖,
负载提琴声的空气被火车汽笛
打断,又融合在了一起。

巨大的公园。车站的玻璃球体。
一个魔咒再次抛向这个钢铁世界。
一列列车厢隆重地启动,驶向
传来飨宴回声的迷离乐土。
孔雀啼叫,钢琴深沉奏鸣——
而我来晚了。我害怕这只是一个梦。

我进入车站,这玻璃的森林。
小提琴的旋律破碎,像是在抽泣。

夜间合唱那野性不羁的生命，
来自死床上玫瑰的缕缕芳馨，
亲爱的身影在玻璃天空下穿过
暗夜，消失在蜂拥的旅客中。

而我感到：这钢铁世界多像个乞丐
披着音乐和泡沫，瑟瑟发抖。
穿过玻璃过道出来，机车蒸汽
使琴弓的眉睫模糊。你前往何方？
这是亲爱的幽灵的丧宴，
音乐在为我们最后一次演奏。

1921 年

有人拥有冬天……

有人拥有冬天，有人拥有亚洲的烧酒，
有人拥有蓝眼睛潘趣酒和芬芳的肉桂酒，
有人从残忍的星辰那里得到苦涩的
命令，并把它带入冒烟的小屋。

一小堆还冒着热气的鸡粪，
一声来自笨拙山羊的咩咩，
我拿一切来兑换生命——我如此需要
火柴炽热的一瞬就可以使我温暖。

看，在我的手里只是一只陶碗，
星星的喊喊喳喳搔弄着我瘦削的耳根，
但是你无法不爱这些抖索的枯草，
这些温暖的土，在这可怜的羽毛下。

静静地，梳理毛皮，翻动麦秆，

饥渴，如一棵裹着破布过冬的苹果树；
在空无中摸索，忍耐，等待，
伸向那笨拙的陌生的温柔。

让密谋者们急急穿过雪地，
像羊群，让易碎的雪嘎吱作响。
冬天，对有些人是栖身树洞，是呛人的烟，
对有些人是神圣不公正尖锐的盐。

哦，如果我能以一根枝条撑起灯笼，
紧随着一条狗，在盐的星空下行走，
如果我带着一只公鸡，前往占卜者的院子，
但皑皑白雪吞吃眼睛，令人刺痛。

1922 年

世纪

我的世纪，我的野兽，谁能
看进你的眼瞳
并用他自己的血，黏合
两个世纪的脊骨？
血，这建造者，滔滔地
从大地的喉腔涌出，
只有寄生虫们在颤抖，
在这未来岁月的门口。

生命，在它存活的时候，
必定会忍受它的脊骨，
看不见的波浪从那里卷过
并顺着脊椎嬉戏。
恰像幼儿的软骨一样脆弱，
我们这个新生大地的世纪；
生命，祭坛之羔羊，

这已是你献身的时候。

而为了让世纪挣脱桎梏，
让世界重新开始，
为了黏合断裂、脱节的日子，
就需要一支长笛来连接[1]。
这是渴望和悲伤的世纪，
血从大地的伤口无尽涌出，
而蝰蛇在草丛中静静呼吸——
这世纪的金色的韵律。

而花苞会再一次鼓胀，
嫩枝将迸溅出新绿。
但是你的脊骨已经破碎，
我的美丽的、哀怜的世纪。
你以白痴般的残忍和虚弱
咧嘴笑着，并回头打量身后：

---

[1] "曼德尔施塔姆视时代为一个脊柱断裂的野兽，变得残忍而富有报复欲，诗人无法重建它的统一。他幻想着一件乐器——长笛化为脊柱的意象，椎骨就是气孔，这件乐器的唯一目的就是和谐。"（唐纳德·雷菲尔德《曼德尔施塔姆的生平和创作》）

一只野兽,曾经柔顺,
在沙中留下它的爪印。

1923 年

无论谁发现马蹄铁[1]

我们望着森林并且说:
这是一片为了船和桅杆的森林;
红松,
从树顶上脱落下它们蓬松的负担,
将迎着风暴嘎吱作响,
在狂怒的无树的气流中;
铅垂线会系住起舞的甲板,紧紧地
拴在海风苦咸的脚跟下。
而海的漫游者,
在无羁的对空间的渴望中,

---

[1] 该长诗为自由体,诗人最初还曾给它加过一个"品达式的片段"的副题。克拉伦斯·布朗在《曼德尔施塔姆》中指出:"这是一首颂歌,典范的颂歌,它以自身为观照对象,也即以诗本身为观照对象。诗歌中存在的世界必得像森林和船只一样涌起;每一样事物都在爆裂和摇动……诗中主要的意象为马蹄铁,马蹄铁是那死去的风暴之马留下的一切……这也是人类生命最后姿态的凝结,仿佛是惊讶于赫拉克勒斯大力神。诗的叙述人现在述说在一种复活的声音里,并变成石头和时间,喷发的元素……(在诗的后来),最终像熔岩一样淹没一切事物,并抹去了诗的叙述人的自我。"

正穿过排浪的潮气,以几何学家的仪表,
以大地衣兜里的吸力,
来校对大海不平整的表面。

但是呼吸
这从船体渗出的树脂泪的味道吧,
并赞叹镶铆在舱壁上的木板,
它不是伯利恒平和的木匠而是另一个的手艺——
那远游之父,航海者之友——
于是我们评点:
它们也曾生长挺立于大地,
笨拙得如同驴子的脊骨,
在一个欢庆的分水岭上,
那些摇晃的羽冠忘记了树根;
它们号叫在甜蜜胀破的云团下,
徒劳地向天空奉献它们珍贵的货物
为了一小撮盐。

而我们该从哪里开始呢?
万物坠落并破裂,
空气由于比喻而战栗,
没有一个词比另一个更合适,

大地哼着隐秘的韵律。
而轻快的双轮马拉战车把它的挽具
一纵身套在了疾飞的鸟群上,
开始在赛道上
与那些喷着强烈鼻息的名马竞逐。

三重的祝福,那个名字谱进歌中的人,
一首被命名增光的歌
在其他歌中会存活得更久长,
它佩束的标志性头巾,
使它免于遗忘和失去感觉,失去
那无论是走近的男人还是野兽散发的味道,
或只是一股手掌摩擦出的麝香草味。

空气如水变暗,万物跃动如鱼,
以它们的鳍推动着天体,
那是坚实、有弹性,几乎不发热的——
晶体,在那里面车轮滚动而马匹闪避,
潮湿的黑大地夜夜被翻新,
被草杈、三叉戟、锄头和犁;
空气稠密混合如同这大地——
你不能从中挣出,进去也不易。

一阵沙沙声穿过树林像一场绿球游戏；
孩子们以指节玩着死兽的椎骨，
我们时代的岁月以不靠谱的计算结束。
让我们感激曾拥有的一切：
我也曾犯错，迷路，失算，
时代发出鸣钟的声响，如同一个金球，
被扔出去，空洞，无人撑住，
触及它，它就回答"是"和"不"，
像一个孩子在说：
"我给你一个苹果"或"我不给你一个苹果"：
这些话的脸，完全是它的发音的准确模拟。

声音依然在回响，虽然声音的来源消失了。
一匹骏马口鼻流沫倒在尘土里，
但它脖颈上抽搐的弧线
仍保留着奋蹄奔腾的记忆，
那一刻不只是四蹄，
而是多如道路上飞溅的石子，
当那些燃烧的腿蹄腾空离开地面
落下来，重新轮流为四蹄交替。

所以,
无论谁发现了马蹄铁,
都会吹去尘土,
用亚麻布擦拭它直到它发亮,
然后
挂在大门口,
让它安息,
不再从燧石上击溅出火星。
再也没有什么可说的人类嘴巴
保持着说出最后一个词时的形状,
而手臂上还留着沉重感,
虽然罐子里的水
　　　　　在提回家的路上
　　　　　　　　已泼出一半。

我现在说着的话并不是我说的,
而是从大地里挖出的石化的麦粒。
有人在硬币上雕刻狮子,
另一些人,头像;
各式各样的黄铜、金匾和青铜
在大地里也享有同样的荣耀。
世纪,试图咬穿它们,在那里留下齿痕。

时间切削着我,如切削一枚硬币,
而我已没有多少留给我自己。

1923 年

石板颂[1]

星星对着星星讲话。
　　　　——M. 莱蒙托夫

星星与星星强有力的相遇，
一支古歌中的燧石路，[2]
燧石的语言，空气的燃烧，
燧石与水，戒指与马蹄铁；
在云彩的柔软页岩上
已出现一幅乳白色铅灰石板画——
这并非世界信徒们的修炼，
却是羊群梦呓般的咩咩声。

而我们站立在稠密的夜里，

---

[1] 这句诗出自莱蒙托夫（1814—1841）的一首诗。
[2] 该诗指向一种语言的记忆：俄国诗人杰尔查文（1743—1816）的最后一首诗是写在石板上。

在一顶暖和的绵羊帽下入睡。
山泉汩汩涌流,一道颤音的
话语链,向着源头返回。
这里,恐惧和裂层在书写,
以同一支白垩笔的微光。
这里,一幅草稿的版本落成,
被流水的学徒们。

哦,陡峭孤拔的山羊之城,
燧石的最强硬的地层。
无论怎么看,那山脊
都是羊群的教堂,和家园!
流水教它们,时间磨砺着它们,
铅垂线给它们布道,
而空气的透明树林,
很久以来就一直被它们充满。

但是多彩的日子已经消失,
就像一只死在蜂房外的雄蜂,
而夜,这掠夺者带来了
燃烧的粉笔,去喂石板。
哦,为了擦去白昼的痕迹,

从反圣像崇拜的版面上,
为了从手中释放显形的幻象,
如同一只孵化的雏鸟!

果实膨胀,葡萄成熟,很快
白昼会激怒,像它曾经的激怒,
玩距骨的游戏也将上演,
而正午会像牧羊犬一样换毛。
仿佛从冰峰落下一堆碎物,
饥饿的水奔流,打漩——
那绿色偶像的反面,也在游戏,
像一只咬自己尾巴的幼犬。

是什么蜘蛛般向我爬来,
任何衔接点都被月光浸透。
在一道令人胆战的靠向石板的
绝壁上,我听见尖厉的刮擦声。
记忆,是不是你在说话?
你在教我们?你撕开黑夜,
以一支行猎的石板笔穿过森林,
从一只鸟嘴的尖喙上搜寻?

对我们，仅仅从声音里才知道
是什么在那里抓擦和争斗，
而我们应把尘灰的石板拖至
声音为我们掌舵的方向；
我刺穿黑夜，以燃烧的粉笔，
为了这一瞬的记载。
我将以絮语换取箭矢的呼啸，
以音尺换取一只松鸡的尖叫。

而我是谁？不是一个石匠，
不是一个造船木工或建房者；
一个双方的中介，一个双重灵魂，
是夜的友人，日光的哨兵。
有福的，是那个率先将燧石
称作流水的学徒的人，
有福的，是那个将山峰的脚踵
牢牢拴在大地上的人。

现在我静静研习石板的夏天
涂写下的日记——
那燧石的语言，空气的燃烧，
光与黑暗的一层层页岩。

我愿我能把我的手一直伸向
那支古歌中的燧石路,
就像插入一个伤口:为了抓住
燧石与水,戒指与马蹄铁。

1923 年

1924年1月1日[1]

无论谁吻了时间受尽折磨的王冠,
后来都会忆起,并怀着后嗣的温柔,
回忆时间如何躺下,如何昏睡在
窗外麦田的雪堆里。
无论谁抬起时代病恹恹的眼睑——
那两颗大而迷蒙的眼球——
都会持续地听到岁月的河流
虚妄而荒凉的拍击声。

君主时代有着沉睡苹果似的眼瞳
和一张可爱的陶土嘴巴。
但它会崩溃,会终结在

---

[1] 原诗有九节,这里的中译依据詹姆斯·格林的英译节译本,第五、六、七节未译,第八节的前四句也未译。因为该诗写于一个灾变年代,这里标出"1924年1月1日"这个日期前后几个重要的俄国历史事件:1917年十月革命爆发,之后是长达几年的内战;1918年7月16日沙皇尼古拉二世及全家被处决;1922年列宁中风瘫痪,1924年1月24日逝世。

237

逐渐老去的王子不知所措的手臂上。
我知道生命的呼吸一天天衰弱：
只过一会儿，受到刻骨伤害的歌曲
就会发出最后的痉挛，
而嘴巴将被熔锡封住。

黏土的生命！垂死的时代！
我害怕的就是：那些理解你的人
只是那些带着无助苦笑的人，
和那些已失踪的人。
我苦恼的是——寻找失去的词，
却是为了睁开疼痛的眼睑，
并以石灰质侵蚀的血液，
为一个异族收集夜草。

这是什么时代：王子血液里的石灰层
已经硬化：莫斯科沉睡，像一具棺柩，
而无处可以逃离暴君的世纪……
雪，像往年一样，依然带着苹果的味道。
我想离开我自己的家，
去哪里？大街上黑漆漆的，
而良知在我前面闪现，一片茫然啊，

像是飞撒在路面上的盐。

我怎么可以暴露那些诽谤者——
寒霜再一次透出苹果的味道——
那是对第四等级[1]奇异的誓言,而它
是否足够庄严到流泪的程度?

你还要杀别的什么人?还想赞颂谁?
什么谎言被发明出来?
安德伍牌的灵敏软肋,拆开它的字键
你会发现狗鱼的小脊骨;
而融化在病王子血液里的石灰层,
狂喜的笑声也会迸溅出……
你这台小打字机纯净的奏鸣,不过是
那些强有力奏鸣曲模型的影子。

1924 年

---

[1] 第四等级,指诗人所属的知识阶层。

不，我不是任何人的同时代人[1]

不，我不是任何人的同时代人，
那样会高出我的位置。
我多么讨厌那个冠用我名字的人，
那不会是我，永远也不会。

时代暴君有两个沉睡苹果似的
眼瞳，和一张灿烂的黏土嘴巴。
但他会死去，会瘫倒在
那年长的王子不知所措的手臂里。

时代降生时我也抬起了我的眼——
那两颗大而红肿的眼球。
河流上雷霆滚动，向我透露

---

[1] 该诗挪用了《1924年1月1日》的一些诗行和意象，但正如俄国诗人维克托·柯里弗林指出，诗人的这种挪用"就感觉的极端变化而言，它们的确随着新的诗歌一起变化，直至辨识不出，并依附于新的语境"。

人类持续的血腥争斗。

一百年回转,在营房的床铺上,
在一个飘来的枕头上,
一具黏土的身体伸着懒腰:时代
从他的第一次醉酒中醒来。

多么脆弱的床!你不能不想到
世界在它的路上是如何吱嘎作响。
好吧,如果不能锻造另一个,
我们最好习惯于这一个。

在闷热的房间、马车、帐篷里,
时代垂垂死去。而在这之后
火焰将像羽毛一样振翼,在瞳孔里
在那透明、皱缩的角质膜上。

1924 年

这种生活对我俩是多么可怕[1]

这种生活对我俩是多么可怕,
我的有着一张大嘴的同志。

我们从黑市上弄来的烟丝被揉皱,
而你坐在裂开的果壳中,我的小朋友。

一个人能否像一只椋鸟那样鸣啭飞过
同时又能啄食果仁蛋糕?

显然——这对你我都不可能。

1930 年 10 月

---

[1] 该诗为曼德尔施塔姆为他妻子娜杰日达的生日写下的一首诗,写于第比利斯,从亚美尼亚返回的途中,该诗打破了诗人在这之前长达五年的创作休歇期。

致安娜·阿赫玛托娃

蜜蜂习惯了养蜂人,
那就是蜜蜂成为蜜蜂的方式。
而我历数阿赫玛托娃带来的蜇痛——
到现在已有二十三年了!

1930 年

亚美尼亚

(组诗选译)

序诗

人们的劳动在这里出现,
像一头威风凛凛的六翼公牛。
而玫瑰在初冬绽开,
脉管里血液鼓胀。

你想要狮子吼出的色彩

你想要狮子吼出的
色彩,亚美尼亚,
你从文具盒里抓出了
半打彩笔。

一个从死哑的旷野扔过来的
吐火货郎和陶瓷的国度,
你藏在石头和黏土中,在红胡子
土耳其酋长的吆喝下幸存。

远离海神的三叉戟和彼得堡的
锚桩,那一片疲倦的大陆,
你看见所有热爱生命的人
和嗜好绞刑的统治者。

而这里妇女们走过,
有着狮子的美
和儿童画的稚拙,
我的血液不会受惊。

我多么爱你凶狠的语言,
你年轻的坟墓[1],那里的字母
像铁匠的火钳,
每一个词都会夹人。

---

[1] 年轻的坟墓,亚美尼亚大屠杀仅仅发生在曼德尔施塔姆访问亚美尼亚十多年前。

山民的马磕磕绊绊地……

山民的马磕磕绊绊地
在紫色花岗岩间喘喘而行,
攀上国家回音石的
赤裸的座基。

而在马队前后,库尔德孩子们
憋红了脸奔跑,他们带着一捆奶酪,
要给上帝和魔鬼各一半,
使他们和睦相处。

泉水喷洒的音乐纤维

泉水喷洒的音乐纤维
对贫穷的村庄多么奢侈。
是什么声音?旋转而来的警告?
离远点。危险迫在眉睫。

在迭句般多雾的迷宫中,
一阵压抑的黑暗的汩汩声,
仿佛一个水的精灵

去访问地下的钟表匠。

雪中的玫瑰凝霜

雪中的玫瑰凝霜:
  塞万[1]的大雪三俄尺深……
  山区渔民拖出彩绘天蓝色雪橇,
  吃喝不愁的鲑鱼嘴须拂动,
  像警察一样巡行
  在石灰质的湖底。

而在埃里温和埃契米阿津,
  崇山峻岭吞饮着冷洌的大气,
  应用小俄笛[2]来诱惑它,
  以排箫来驯化它,
  让它嘴里的积雪融化。

米浆纸上的雪,雪,雪,

---

[1] 塞万湖,亚美尼亚的一高山湖,为旅游胜地。
[2] 小俄笛,一种卵形、多孔的吹奏乐器。

而山峰向我的嘴唇漂来

我感到冷。我快乐……

1930年10—12月

亚美尼亚语,一只野山猫

亚美尼亚语,一只野山猫,
亚拉腊特峡谷那些带刺的话语;
黏土烘烤的食肉城市的语言,
饥饿泥砖的话语。

而沙阿[1]国王的近视天空,
生来就盲目的绿松石,
从来不会去读那些以黑血烘烤的
黏土空心书。

1930 年 10 月,第比利斯

---

[1] 沙阿(Shah),伊朗国王的尊称。

我多么爱这重压之下的人民

我多么爱这重压之下的人民,
他们睡眠,叫喊,生儿育女,
被牢牢钉进这片土地,
并把每一年当作一个世纪。

每一种越过边境传来的消息,
听起来都那样美妙;
黄疸病,黄疸病,黄疸病,
在诅咒中,芥菜长成了丛林。

1930 年 10 月,第比利斯

在水印图案的警局公文上

在水印图案的警局公文上,
几颗星辰活着。
黑夜吞咽下蹦跳的刺鱼。
办公的小鸟写着他们的 RAPP[1] 报告。

他们如此喜欢眨眼示意——
他们要做的就是批阅申请,
而准许证总会被重新签发——
为了写作、荣耀和腐烂的结局。

1930 年 10 月,第比利斯

---

[1] "RAPP"("拉普"),"俄罗斯无产阶级作家联合会"的缩写,该联合会于 1932 年解散。

列宁格勒

我又回到我的城市。它曾是我的泪,
我的脉搏,我童年时肿胀的腮腺炎。

现在你回来了,变狂,大口吞下
列宁格勒的河灯燃烧的鱼肝油。

然后睁开眼,你是否还熟悉这十二月的白昼?
在那里面,蛋黄搅入了死一般的沥青。

彼得堡!我还不想死!
你有我的电话号码。

彼得堡!我还有那些地址:
可以查询死者的声音。

就这样住在楼梯后面,门铃

折磨我的神经，弄疼我的太阳穴。

整整一夜我都在等待一位客人[1]来临，
门，它的链条在窸窣作响。

1930 年 12 月，列宁格勒

---

[1] 这里的"客人"指内务部安全人员。

让我们在厨房里坐一会儿

让我们在厨房里坐一会儿,
闻一闻发甜的煤油味。

锋利的刀子,长圆面包,
尽量给煤油炉添满油。

或是找一些粗线来,
趁在天亮之前缝好包袱。

这样我们就可以前往火车站,
那里,无人可以发现我们。

1931 年 1 月

主：请帮我度过此夜

主：请帮我度过此夜。
我惧怕我的生命，我逃不出你的奴役。
生活在彼得堡就像睡在棺材里。

1931 年 1 月

我像个孩子一样处在这强力世界中

我像个孩子一样处在这强力世界中,
我害怕牡蛎,不敢走近哨兵——
我的灵魂和它没有一丁点联系,
尽管我曾多么努力要成为它的一部分。

我从来不曾站在银行的埃及门廊下,
戴着海狸皮帽子可笑地显摆自己,
也永远不会让吉卜女郎为我跳舞,
以哗啦响的卢布,在柠檬的涅瓦河岸上。

预感到未来的处决,我从造反者的怒吼中
避开,逃向黑海的涅瑞伊得斯[1],
我经历了那么多困惑、羞辱、苦恼和焦渴,
从往昔,从那些温柔的欧罗巴仙女。

---

[1] 涅瑞伊得斯(The Nereids),古希腊神话中的海仙女。

所以为什么这个城市会照样拥有
古老的权利,控制我的思想我的感情?
火和冰只会使它更加傲慢,
而接下来,诅咒,空虚,依旧年轻!

也许这一切是因为我曾从一幅儿童画中
看到过披着一头红发的戈德娃夫人[1]?
而我依旧对我自己低语,低语:
"再见,戈德娃夫人,我已记不清了,我……"

1931 年 1 月

---

[1] 戈德娃夫人,传说中的英国贵妇,为了减免市民重税,答应裸背骑马穿过城镇,全城人为之感动,决定关窗不看,只有一个窥视者汤姆偷看了,结果双目失明。

自画像

在仰起的头脑里,有翅膀的暗示——
但却是外套在摆动;
在眼睛的闭合里,双臂的
和平中:纯能量在隐秘聚合。

这里是一个能飞能唱的生灵,
词语可锻打和燃烧,
而生来的笨拙也被
天赋的韵律克服了!

1931 年

睫毛涩痛。泪水刺穿胸腔

睫毛涩痛。泪水刺穿胸腔。
我感到,但并不恐惧,暴风雨的
来临。可笑的伙伴催促我
忘却。窒息,挣扎着活下去。

他从床铺上抬头,他听到一声猛击,
他环顾四周,而一切仍在沉睡——
那是一个赤裸的男人唱起粗野的歌,
当黎明升起,另一种赤裸,刷白了监狱。

1931 年 3 月,莫斯科

"狼"[1]

为了未来嘹亮的英雄颂歌,
为了部落声名的高扬,
我被拿走了我在父辈宴筵上的杯子,
还有我的欢笑,我的荣誉。

猎狼犬的世纪扑上了我的肩,
但是我的脉管里流的不是狼的血,
最好把我像羊绒帽子一样塞入
西伯利亚荒野毛皮袄的袖筒里,

我就看不到哭诉的人,或任何污垢,
或车轮下血淋淋的骨头,
这样整夜里就只有蓝色北极狐为我
照耀,就像它们原初那样。

---

[1] 该诗原为无题诗,多种英译本及娜杰日达·曼德尔施塔姆的回忆录均题为"狼"。

把我带入叶尼塞河流淌的夜，
那里的松树触向了星星；
我的脉管里流的不是狼的血，
只有一个相等的人会杀死我。[1]

1931 年 3 月 17—28 日

---

[1] 该诗最后一句经常被人引用，不少研究者认为这里的"一个相等的人"指的就是斯大林。

"狼组诗片段"[1]

1

报纸朝那些不是烟草的东西吐唾沫，
女孩轻拍着，但不是以她的指关节——
这灼热的、毁损的，人类的嘴
在愤怒地说"不"……

2

……修道士似的工人在前面行走，
像几个恶作剧的孩子。
蓝色北极狐和宫殿和监狱，
只有一个倔强的人在唱……

---

[1] 这组诗片段与上一首诗"狼"相关，被命名为"狼组诗片段"，它们为创作过程中的初稿或变体。

3

莫斯科泥浆的墨水变成金色,
手推车在大门边打着呼噜,
蜂拥的人群,把自己写入历史
大街被冲刷进宫殿和监狱。
(1917年的回忆)

4

但是当我听到那个声音,我将走向一把斧头
并以我来完成他的故事。

5

安静吧!永远也不要对任何人说任何事情——
时间在火灾中歌唱……

6

安静吧!我已不相信任何事情:
我像你一样只是个步行者,

但是你那威胁的、扭曲的嘴
使我回到我的耻辱中。

7

把我带入夜,那里叶尼塞河流淌,
那里眼睫的泪水结成了冰;
我的脉管里流的不是狼的血,
在我身体中那个人不会死去。

8

把我带入夜,那里叶尼塞河流淌,
带走我的骄傲和我的劳作;
我的脉管里流的不是狼的血,
而其他人将在我的身后到来。

请永远保存我的词语

——给安娜·阿赫玛托娃

请永远保存我的词语,为它们不幸和冒烟的余味,
它们相互折磨的焦油,作品诚实的焦油。
甘甜和深黑应成为诺夫哥罗德[1]的井水,
映照出圣诞之星的七鳍。

作为回报,父亲,朋友,笨拙的助手,我——
这未认出的兄弟,从人民大家庭逐出的人,
将保证拧紧垂向深井的笼子的柱梁,
这样鞑靼人就可以把王子放入吊桶,为了他们的拷问。

哦,古老酋长的砧板,一直爱着我!
花园里的祷告者,似乎在瞄准死亡,钉打着九针。

---

[1] 诺夫哥罗德,俄国西北部城市,史上有诺夫哥罗德封建共和国,1136 年脱离基辅独立,1478 年被并入莫斯科大公国。

我穿过我的生命,在我的铁背心里,也像那样瞄准,
(为什么不?)我会找到那把古老的斩头斧,在树林里。

1931 年 5 月 3 日

短歌[1]

难道明天我真的会看见——
我的心在左侧跳动，荣幸啊，看见
你们，山地斜坡的银行家，
你们，岩石股票的大股东？

而教授的鹰眼也凑近了——
这些古埃及学者和徽章学家——
昏暗的、戴顶冠的鸟儿
有着结实的肉和宽阔的胸骨。

而现在宙斯，以橱柜工的
金色手指，拧紧了昂贵的
非凡的圆洋葱型的窗扉——

---

[1] 该诗原标题为"Canzone"，指历史上在意大利和法国普罗旺斯流行的一种短小抒情诗体。这首诗探讨"视力的威力"，也涉及收藏在彼得堡的伦勃朗绘画。

唱诗班献给先知的礼物。

他望进蔡司[1]优良的双筒望远镜——
大卫王珍奇的宝物——
细细察看岩石的纹理,
以及松树,村民,细小如蚂蚁。

而我舍弃亥帕波尼亚人[2]的乐土,
为了款待能看见命运的眼睛。
我将对拉比长老道一声"Shalom"[3],
为了他那悬钩子似的好意。

但是蔓延的灌木丛多刺,
胡须拉碴的山地,仍不能看清,
而绿色的峡谷,如寓言一样新鲜,
新鲜得几乎让我满嘴苦涩。

我爱这军用双筒望远镜,

---

[1] 卡尔·蔡司,18世纪德国光学仪器发明家,生于耶拿(Jena),以他的名字命名的光学镜头一直为世界品牌。
[2] 希腊神话中住在北方乐土的部落。
[3] 意为"您好""再见",为犹太人的问候或告别语。

给视力增加高利贷——

这世上只有两种颜色永不褪色：

黄色，嫉妒；红色，不耐烦。

1931 年 5 月 26 日

在一个高山隘口

在一个高山隘口,
在那穆斯林地区,
我们坐下来与死神共饮,
何其恐怖,如同在梦中。

好像是凭空出现了一个马车夫,
脸色焦黑如晒皱的葡萄干,
他闷不吭声,只发出单音节词,
像是魔鬼的一个帮工。

他用阿塞拜疆语嘀咕了一声"车",
然后驾驾地催促他的马,
他向我们掩住他的脸,仿佛
那是一朵玫瑰,或一只癞蛤蟆。

一副怎样可怕的嘴脸,

藏在皮革面具后面。
他怪里怪气地吆喝他的马,
要奔往某地,直到它口吐白沫。

而我们颠来绕去,
也不能找到下山的路,
马车转了又转,那是
什么?小客栈在路边一闪……

我恍然大悟:"嘿,伙计,停下!"
真见鬼,我想起来了:
他是黑死病大使,
他,和他的马都迷了路。

他那颠簸的命运,驱赶着,
似要朝向他灵魂的狂喜,
为了苦涩甜蜜的大地,
像好玩的木马一样旋转。

如此,在卡拉巴克上部,
在捕食者之镇舒沙,
我经历了这场恐怖,

它生来就在我的灵魂里。

似有四万个死亡之窗,
从所有角度盯视着我们,
那些费力脱鞘的灵魂的空壳,
被抛撒在荒凉的山上。

现在,房舍无羞耻地脱光,
赤裸着暗红色肉身站着,
而天空蓝黑色的瘟疫,
几乎不再可见。

* * *[1]

温柔的小牛犊,
和摇尾的阉雄牛,
和它们后面——舰队般的——
母水牛以及公水牛,
和最后的牧师般的公牛。

---

[1] 以下这一节关于"牛群舰队"的描述,似为正文的副歌,在有的版本中,也单独作为一首诗。

它们像涌来的人群,
向前逼近,引起大地
汗水淋漓,它们前呼后拥,
径直向我们驶来,
像一支尘埃大军。

1931 年 6 月

拉马克[1]

有一位，一位笨拙、易受惊的长老，
几乎像男孩子一样腼腆——
是谁向大自然的荣耀发出挑战？
还有谁？当然，是燃烧的拉马克。

如果生物只是一种涂改标记，
在那短暂的回收的一天，
那么我将站在拉马克移动扶梯的
最后一级台阶上。

我将一路嘘声穿过蜥蜴和蛇群，
下降到蠕虫和海蛞蝓之中，
沿着自然分类的弹性跳板，

---

[1] 拉马克（Jean-Baptiste Lemarck，1744—1829），法国博物学家，生物学奠基人之一，最先提出生物进化的学说。

我将缩小，消失，像普罗透斯[1]。

我将披上甲壳外套，
胶质坚硬，冷血，
或像软体海蜇，浑身长出吸管，
畅饮大海的泡沫。

我们走过一列列的昆虫，
它们全鼓着小酒盅似的眼睛。
他说："整个自然陷入混乱，
没有留下可看的，你就看它最后一眼。"

他说："你已拥有足够多的和谐，
你爱莫扎特也没有用；
蜘蛛的聋已控制了我们，
深渊的吸力胜过我们的力量。"

自然已抛弃了我们，
似乎它已不再需要我们，
它将它的原始的脑髓，

---

[1] 普罗透斯，希腊神话中的一个早期海神，外形变化无穷，让人难以捕捉。

插进了黑暗的剑鞘。

它完全忘记了那座吊桥,
也太晚了,来不及把它放下——
为那些有着绿色坟墓、鲜活呼吸
和带浮力的笑声的人……

1932 年 5 月 7—9 日

印象主义

这样的画家已画出了
丁香的深度昏厥。
他在画布上涂上不透明的铁屑,
使色阶发出回响。

他知道如何调制
颜料的夏天,
他以丁香的脑汁烘烤,
直到令人窒息。

而影子呢,甚至更丁香——
一声呼哨或鞭打,火苗一样熄灭。
你会说"厨师在厨房里
正在烹制肥美的鸽子"。

你可以只是看到秋千

或一些面纱。
但是在黄昏的溃散中，
传来了蜂群的嗡嗡声。

1932 年 5 月 23 日

你是否还记得……

你是否还记得那个
维罗纳的年轻人
在田野上赛跑
想要去赢那面绿旗?

而但丁诗章中的
那个跑步者
会沿着他们争论的圆圈
一下子甩掉所有人。

1932 年 5 月

巴丘什科夫[1]

波浪的空谈……

泪水的和谐……

兄弟般的钟声……

含糊其词地,你带给我们

一些新奇的葡萄肉干——诗歌,

让我们的上腭变得鲜美。

摇晃着你的永恒的梦,那血的样本,

你从一只杯子倒入另一杯……

1932 年

---

[1] 巴丘什科夫(1787—1855),俄国早期浪漫派诗人。该诗原文共六节 24 行,这里的中译依据詹姆斯·格林的英译本。

阿里奥斯托[1]

阿里奥斯托,整个意大利最快乐的人,
这些日子一只青蛙在他喉咙里醒来,
他给鱼儿取名字愉悦自己,
他把一阵无意义的雨泼向大海。

像一个音乐家同时敲着十面铙钹,
一举进入他自己的音乐,
他来来回回,跌跌撞撞,完全迷失在
骑士佚闻的迷宫里。

一个用蝉的语言讲话的普希金,
混合了地中海的傲慢和忧郁,
他留下他的主人公与风车宣战,
战栗着,仿佛那是另一个人。

---

[1] 阿里奥斯托(Ludovico Ariosto,1474—1533),意大利文艺复兴时代诗人,代表作为《疯狂的罗兰》。

他对海说：咆哮吧，但不要思想！
对岩石上的少女说：躺下，别管有没有床单！
当脉管里血液加速，哦，讲讲你常讲的
那个故事，请再次从开头讲起。

欧洲寒冷。意大利陷在黑暗中。
权力，就像不得不忍受的理发师的手。
而他继续改进他的技艺，扮演
巨人，对着窗外山坡上的山羊

扮怪相，他笑着，对骑在驴背上的僧侣，
公爵的那些醉醺醺地在瘟疫中
嚼着大蒜的士兵，以及
在苍蝇的嗡嗡中打瞌睡的婴儿……

而我爱他令人绝望的悠闲，
他的含糊其词，那牡蛎般的咸和甜，
在他的声音中总是有一些解不开的缠绕，
为什么我要去取出珍珠？

阿里奥斯托，也许这个时代将消失——

而我们将把你的碧空和我们的黑海

一同倒入这浩瀚的兄弟般的蓝。

你和我都会在那里,在它的岸边畅饮蜂蜜酒。

1933 年 5 月 4—6 日

鞑靼人，乌兹别克人，涅涅茨人[1]

鞑靼人，乌兹别克人，涅涅茨人，
所有的乌克兰人民，
甚至伏尔加的日耳曼人，
都在等待他们的翻译。

也许就在这重大的一刻，
我感到有一个日本人正把我
译成土耳其语，
并深深渗透进我的灵魂。

1933 年 11 月

---

[1] 涅涅茨人是俄罗斯原住民族群之一，传统的涅涅茨人以驯养驯鹿为生，有本民族语言涅涅茨语。

房间像纸一样安静[1]

房间像纸一样安静——
空白,什么也不发生——
你可以听见潮湿的汩汩声
在暖气的管道里运行。

一切都已安置好了,
电话机冷缩,如一只蛤蟆。
而我的随身物品见过世面,
它们乞求能回到原地。

但是该死的墙壁就在那里,

---

[1] "1933年秋天,曼德尔施塔姆终于在纳晓金路有了一个住所(他在诗中使它不朽),两个小房间,在没有电梯的五层楼上(没有煤气灶和浴盆)('房间像纸一样安静')。流浪的日子似乎是结束了。在那里,奥西普第一次有了一些藏书,主要是一些意大利诗人(但丁、彼特拉克)的老版本书。"(阿赫玛托娃《回忆曼德尔施塔姆》)帕斯捷尔纳克因此对曼德尔施塔姆说"你可以在这个房间写诗了",而该诗正出自对这句话的回答。

没有可跑开之地——
我像个傻瓜一样,被迫
以一把梳子来演奏……

甚至,比青年团的地窖更阴沉,
比那些学生的号叫更刺耳——
我教那些歪坐在课桌间的
刽子手如何学鸟鸣。[1]

我只能读配量的书籍,
我抓向那些麻醉人的话语,
而对库拉克[2]的孩子们,
我唱这支吓人的催眠曲。

而那些模仿家,那些
集体农庄亚麻的梳理师,
血和墨水的混淆者,

---

[1] 曼德尔施塔姆的这首诗充满了反讽,正如娜杰日达所指出:"诅咒住房,这并非是在颂扬无家可归,而是一种恐惧,恐惧因得到住房而必须付出的代价。在我们这里没有什么是白给的,无论金钱,还是别墅和住房……"(《曼德尔施塔姆夫人回忆录》,刘文飞译,广西师范大学出版社)

[2] "库拉克"("Kulak"),字面意为"拳头",实指当时正在遭受迫害和清洗的富农。

才适合骑在这支尖棍上。

一些诚实的叛徒,
像盐一样在清洗中蒸馏出来,
而那些养家糊口的人,
会拍死多余的飞蛾。

每一暗示都藏有折磨,
在它自身的怨恨里。
感觉起来就像涅克拉索夫[1]的锤子
在我的墙上敲打钉子。

这就像刽子手的筒子楼,
使用期七十年,或更长。
开始吧,老家伙,懒东西,
用皮靴踩出一些声音。

不是希波克里尼纯粹的灵泉[2],

---

[1] 涅克拉索夫(1821—1878),俄国诗人,其诗充满社会关怀和对贫苦下层人民的同情心,同时具有平易、口语化的诗风,被称为"人民诗人"。
[2] 在希腊神话中,"希波克里尼灵泉"为双翼飞马珀伽索斯在赫利孔山上踏出的泉眼,诗人饮之可获灵感。

将撕开雇佣文人的墙壁,
不,是古老的恐惧的暗流
涌入莫斯科这凶险的公寓。

1933 年 11 月,莫斯科

八行体

（选章）

一

我喜欢这织物的样式，
在两次或三次试着呼吸之后，
或第四次透不过气来之后，
一阵扩展的空气来临。

运用竞赛的弧线，
帆船划出绿色的形式，
就像一个不知摇篮为何物的孩子，
空间和自己懵懂地游戏。

一 [1]

我喜欢这织物的样式,
在两次或三次试着呼吸之后,
或第四次透不过气来之后,
一阵扩展的空气来临。

而我感到如此艰难和甜蜜
当那个时刻到来——
突然间弧形扩展
通过我自己的咕哝。

五

舒伯特在水上,莫扎特在喧闹的鸟语中,
歌德则吹着口哨走下通风的小路,
甚至哈姆雷特也踱着畏怯的步子思考,
他们都感到了人世某种脉搏的跳动。

也许在嘴之前,低语就已出现,

---

[1] 这一首为第一首的"变体"(Variation)。诗人后来在流放地沃罗涅日经常采用这种"变奏"的方式,有时一首诗甚至有二三首变体。

在树木之前，叶子就在飞舞和飘旋，
所有这些我们赋予经验的事物，早在
我们之前已获得了它们的特征。

六

告诉我，荒漠的勘测者，
沉沙层的几何学家：
你们的那些不受限制的线条
真的比狂风更强劲？
"我从不关心他打哆嗦的样子，
那犹太人的愁眉苦脸！"
他只是按章行事，而那些
都是他喝醉时听来的梦呓。

十一

进入这过剩的花园，
一疏忽，我步出了空间，
我撕开因果之链，
这不真实的坚固性。

孤独,而无穷,我读着
你的入门书:
你的野生的无叶之草木——
庞大根系的对数表。

1933—1934年,莫斯科

沃罗涅日[1]

放开我,还给我,沃罗涅日;
你将滴下我或失去我,
你将使我跌落,或归还给我。
沃罗涅日,你这怪念头,沃罗涅日——乌鸦和刀。

1935 年 4 月

---

[1] 在俄语中,"Voronezh"(沃罗涅日)这个地名让人联想到"强盗的"("vorovskoy")、"窃取的"("uvorovannyi")以及"贼乌鸦"("voron")、"窃贼的刀子"("nozh")等词的回声,"如果我们记得押送犯人的囚车被人们称作'黑乌鸦'('chornye vorony')的话,就更能理解这个词的发音中所暗含的带有某种邪恶意味的吸引力了。……(而诗人)在由可怕的双关意象构成的刀锋间寻求平衡,冒险闯进了与恶毒的命运之鸟周旋的文字游戏"(维克托·柯里弗林《沃罗涅日的乌鸦和刀》)。

这是一条什么街?

这是一条什么街?
——这是曼德尔施塔姆大街。
多么别扭的名字!
无论你怎么念,它听起来
都不是直线的[1]。

在他那里没有多少是直的,
他的德行不是百合花。
这就是为什么这条街,
或者干脆说,这条排水沟——
在奥西普·曼德尔施塔姆之后
以他的名字命名。

1935 年 4 月

---

[1] 曼德尔施塔姆夫妇当时在沃罗涅日市郊居住的街道名为"直线街"("Ulitsa Lineinaya" / "Straight Line Street")。

日子有五个头[1]

日子有五个头。这连续的五天,
我缩成一团,为发酵般膨胀的空间自豪。
梦比传说广阔,传说比梦古老,它们混在一起
        而又机警,
大路以它的四轮马车追赶着我们。

日子有五个头,因旋舞而发疯,
骑兵驶过而其他人步行,黑压压一片。
白夜扩张着权力的主动脉,刀锋
把眼睛逼回到针叶树的肉髓中。

啊请给我一寸海的蓝色,为恰好能穿过针眼,
为了我们这被时间监护的一对能扬帆远行。
瞧,这就是俄罗斯的干薄荷和木头勺的传奇。

---

[1] 该诗描述了诗人及其妻子从莫斯科前往流放地的几天几夜行程。"日子有五个头",也指向了古老的"五头魔鬼"的传说。

而你们在哪里，从 GPU[1] 大铁门出来的三个小伙计？

为的是普希金的无价之宝不落入寄生虫的手中。[2]
一代普希金学者穿着军大衣挎着左轮手枪发奋
写和读——这些铿锵之诗的崇拜者！
啊请给我一寸海的蓝色，为恰好能穿过针眼。

火车驶向乌拉尔。正谈话的夏伯阳
从一部有声电影[3]中突然跳进我们张开的嘴，
而我们跨上马鞍，当我们快被淹没——
从临时营房的背后，从那一幕的定格中。

1935 年 4—6 月

---

[1] GPU，内务部前身国家政治保卫总局的缩写。
[2] 旅途中，三个押送诗人的卫兵中的一个曾大声朗读曼德尔施塔姆妻子随身带的普希金的叙事诗《吉卜赛人》。
[3] 指 1934 年出品的电影《夏伯阳》，该片塑造了苏联国内战争时期红军指挥员夏伯阳的传奇形象，电影结尾，夏伯阳中弹坠河而死。该片是苏联电影史上的杰作，人物形象鲜明，语言性格化，一些场面运用了蒙太奇手法。

你们夺去了……[1]

你们夺去了我的海我的飞跃和天空
而只使我的脚跟勉力撑在暴力的大地上。
从那里你们可得出一个辉煌的计算？[2]
你们无法夺去我双唇间的咕哝。

1935 年 5 月

---

[1] "你们夺去了……"，可参照曼德尔施塔姆所心仪的古罗马流亡诗人奥维德的"Tristia"(《哀歌》)第 3 卷第 7 哀歌："每一样东西都可以从我这里夺走 / 只有我的天赋与我不可分离。"

[2] 有的研究者指出，该诗中的"脚步""计算"同时还包含了创作格律诗音步的深层隐喻。

诗章[1]

1

我不想把我灵魂的
最后一枚硬币浪费在温室娇嫩的作物间,
而宁愿作为一个个体农民走向世界,
走向集体农庄——人民待我善良。

2

我爱这红军样式的外套,
它长及脚后跟,舒展的袖子,
裁剪得就像越过伏尔加河的雨云,
它匀称地从肩上垂下,背后则带一道开口,

---

[1] 这组诗被认为是曼德尔斯塔姆试图与时代"和解"的诗之一,诗人流放在沃罗涅日期间也曾希望它能够发表,当然,这不会实现。

两道镶边没一点浪费；

到了夏天你就可以把它折叠起。

3

一道该死的、荒谬的脱缝，

出现在我们之间。现在，说更清楚点吧：

我不得不活着，呼吸，布尔什维克化。

在我死前我要活得好看一点，

活下去，在人民中间。

4

想象我是如何在十二寸的电火花中

慌乱奔走，在亲爱的老切尔登，

在喇叭形涌来的河流气息中，

无暇停下来观看山羊相互顶斗——

像那只透明夏夜中的公鸡。

我不看这场诽谤的多米诺骨牌的结局。

我耸掉肩后的啄木鸟聒噪，一个跳跃[1]

---

[1] 诗人曾试图在切尔登医院里跳楼自杀，并摔伤胳臂，后改为流放到沃罗涅日。

回到我自己。

5

而你,莫斯科,我的姐妹,多么轻盈,
在早班电车的铃声响起之前
前来接你兄弟的班机。
你比大海还优雅,你搅拌着
木头、玻璃和牛奶的沙拉。

6

我的国家扭拧着我
糟蹋我,责骂我,从不听我。
她注意到我,只是在我长大
并以我的眼来见证的时候。
然后突然间,像一只透镜,她把我放在火苗上
以一道来自海军部锥形体的光束[1]。

---

[1] "海军部"为圣彼得堡标志性建筑,兴建于1806—1823年,为圣彼得堡三条主要街道的焦点,镀金的尖塔顶部是金色船形风向标,这是由于彼得大帝强调海军的重要性。

7

我必须活着,呼吸,布尔什维克化。
以语言劳作,不去理会我自己和另一个[1]。
我听见苏维埃的马达在北极圈的轰鸣,
我记起了这一切——德国兄弟的脖子,
花园的斩首者[2],他的消遣,
是一把罗累莱的丁香梳子[3]。

8

我没有被抢窃一空,也并非处在绝路,
只不过,只是,被扔在这里。
当我的琴弦变得像伊戈尔的歌声[4]那样紧,
当我重新呼吸,你可以在我的声音里

---

[1] 另一个也许是指陪伴诗人的妻子。
[2] 花园的斩首者,指的是希特勒,在曼德尔施塔姆写这首诗时他已"崛起"、掌权。
[3] 出自德国著名神话:罗累莱坐在岩石上梳头,引诱莱茵河上的水手走向死亡。
[4] 伊戈尔的歌声,指的是俄罗斯古代英雄史诗《伊戈尔远征记》。

听出这无边黑土的干燥的潮气

听出大地，我的最后的武器……

1935 年 5—6 月

环形的海湾敞开

环形的海湾敞开,卵石,深蓝,
缓慢的帆如云团一样继续移动——
我刚刚知道你的价值,就要离开。
比管风琴的赋格悠长,苦涩如缠绕的海藻,
那长期契约的谎言的味道。
我的头微醉,因为铁的温柔
和铁锈在倾斜海岸上的轻轻啃咬……
为何另一片沙滩会在我的头下铺展?
你——深喉音的乌拉尔,多肌肉的伏尔加,
这赤裸的平原——是我所有的权利——
而我必须以我全部的肺来呼吸你们。

1937 年 2 月 4 日

让我们称空气为见证人[1]

让我们称空气为见证人：
它有一颗远射程的心，
而在防空掩体里，海洋是一个
活跃、无窗、什么都吃的东西。

它们在告发，这些星星，它们要
看见所有东西（但是为什么？）
它们谴责、判决和见证着
海洋，一个无窗的东西。

雨在回忆，像个不受欢迎的农夫，
播种着不知名的吗哪[2]，

---

[1] 该诗为组诗《关于无名士兵的诗》第一首。流放沃罗涅日期间，诗人借战争题材写下这组诗，实则书写了他对大屠杀和政治迫害的控诉，以及个体生命在历史暴力中的无助和盲目牺牲。

[2] 据《圣经》记载，"吗哪"（Manna）为古以色列人经过荒野时被上天赐予的食物。

而十字架的森林给海洋
和士兵的队形标出方位。

寒冷孱弱的部族将存在下去，
将继续砍杀，继续挨饿和受冻，
而在他的辉煌墓碑下，
一个无名士兵躺下。

教教我，瘦弱的小燕子，
现在你已忘记了如何飞翔，
无羽，无翼，我又怎能
对付空中的那座坟墓？

而为了诗人，米哈伊尔·莱蒙托夫，
我将为你提供最精确的数据，
——坟墓如何训练一个驼背，
空气袋子如何把我们全部吸走。

1937 年 3 月 3 日

主动脉充满了血[1]

主动脉充满了血。
在它的分类中不时传来一阵咕哝:
——我生于 1894 年
——我生于 1892 年……
而,抓回一个已磨穿了的出生年头,
和这聚拢的牧群一起批发,
我贫血的嘴唇在低语:
我生于 1 月 2 日至 3 日的夜里
在一个 18 世纪 90 年代或别的什么年代的
不可靠的年头,[2]
而世纪围绕着我,以火。

1937 年 2—3 月

---

[1] 该诗为组诗《关于无名士兵的诗》第八首。
[2] 诗人实际上生于 1891 年 1 月 2 日至 3 日的夜里。

穿过基辅,穿过魔鬼街道[1]

穿过基辅,穿过魔鬼街道,
一个妇女试图找到她的丈夫。
我们曾经有一次见到她,
面色蜡黄,双眼干枯。

吉卜赛人不会给这个美人占卜。
音乐厅也早已忘了它的乐器。
大街上倒着一些死马。
居民区到处散发着腐臭味。

红军拖拽着伤员,
乘最后一辆街车匆匆离开,

---

[1] 基辅为娜杰日达的家乡,曼德尔施塔姆也正是在那里遇见娜杰日达的。因此这首诗实则是暗示诗人自己日后的命运。据阿赫玛托娃回忆,她听到曼德尔施塔姆念的最后一首诗就是这首"寻找丈夫"的诗,那是在沃罗涅日流放期结束后,曼氏夫妇来列宁格勒留宿在她家的沙发上时念的,"我跟着他重复读。他说'谢谢你',然后又睡去了"。

一个穿血污军大衣的人喊道：
"别担心，我们还会回来！"

1937 年 4 月

给娜塔雅·施坦碧尔[1]

她的左腿像钟摆一样一瘸一拐,[2]
以可爱的步态,穿过空荡的大地,
她已走到那个轻快的女孩,她的朋友,
和几乎和她同龄的年轻男子的前面;
那抓住她的,在拽着她走,
那激励她的残疾,痉挛的自由。

---

[1] 这是曼德尔施塔姆在沃罗涅日写下的最后一首诗(同月16日,他结束了三年的流放,和妻子一起返回莫斯科),原诗无题,但现在一般都称这首诗为"给娜塔雅·施坦碧尔"。娜塔雅·施坦碧尔(Natalya Shtempel, 1908—1988)为当地的一位年轻教师,她不顾危险和曼氏夫妇交往,并在后来漫长的艰难岁月里保存了诗人的大量手稿。关于这首诗,娜塔雅回忆说:"奥西普·埃米尔耶维奇如通常那样坐在床上……他很认真,专注。他说:'我昨天写诗了。'并读它们给我听。我保持沉默。'这是什么?'我不太明白,因此继续保持沉默。'这是爱情诗,'他为我回答,'这是我写过的最好的东西。''……我死后,把它寄给普希金故居纪念馆作为遗言吧。'稍微停顿后,他接着说:'吻我吧。'我走到他面前,以唇轻触他的额头——他像雕像一样坐着。这都显得非常悲痛。"(娜塔雅·施坦碧尔《曼德尔施塔姆在沃罗涅日》)

[2] 娜塔雅的左腿有点瘸。原诗第一句字面上并没有出现"钟摆"的形象,该诗翻译参照了科拉伦斯·布朗和美国诗人翻译家 W.S. 默温的合译本。

在她急速的跛行中她一定猜测到
是什么在催促,她也一定知道
在空气中来临的,就是春天,
这原始母亲,死亡的跳跃,
一如既往地重新开始。

有些女人天生就属于苦涩的大地,
她们每走一步都会传来一阵哭声;
她们命定要护送死者,并最先
向那些复活者行职业礼。
向她们恳求爱抚是一种罪过,
但要离开她们又超出了一个人的忍受;
今天是天使,明天是墓地蠕虫,
再过一天,只是一个轮廓。
那曾跨出的一步,我们再也不能跨出。
花朵永恒,天空完整。
前面什么也没有,除了一句承诺。

1937 年 5 月 4 日

Борис Пастернак

鲍里斯·帕斯捷尔纳克（1890—1960），生于莫斯科一个著名画家家庭，早年曾在德国留学，十月革命前出版过诗集《云雾中的双子星座》（1914）和《在街垒上》（1917），1924年出版诗集《生活，我的姐妹》，进一步奠定了他作为一个杰出诗人的地位。此后他出版的诗集还有《施密特中尉》《1905年》《在早班列车上》《诗集》等，并翻译有莎士比亚、歌德和格鲁吉亚诗人的作品。帕斯捷尔纳克1957年在国外发表长篇小说《日瓦戈医生》，表现出对十月革命历史独特的个人审视，为此受到严厉批判。1958年，帕斯捷尔纳克因为《日瓦戈医生》获得诺贝尔文学奖，迫于国内的巨大压力，他不得不拒绝接受这项奖金。他的最后一本诗集《到天晴时》在他1960年5月30日因患癌症逝世前出版。

鲍里斯·帕斯捷尔纳克诗选

出于迷信

这藏着一只橘子的火柴盒
就是我的斗室。
它不是旅馆里乱糟糟的房间,
而是我一生的葬身之地!

再一次,出于迷信,
我把我的行李放在这里。
墙纸闪耀着橡树的颜色,
而门枢在歌唱。

我的手将不会松开门闩,
任你躲闪着要出去。
而额发触到刘海,
嘴唇碰到了紫罗兰。

亲爱的,看在过去的份上,

你的衣裙现在开始飘动,
像是一朵雪莲,在向 4 月致礼,
像是在轻声慢语。

怎能说你不是贞洁的圣女:
你来时带来了一把小椅子,
你取下我的生命如同取自书架,
并吹去名字上的蒙尘。

1917 年

致安娜·阿赫玛托娃[1]

似乎我在挑选可以站立的词，
而你就在它们之中，
如果我不能够，也算不了什么，
因为那是我的错误。

我听见屋顶上雨水的低语，
在人行道和马路牙子上衰弱的田园诗。
某个城市，从第一行涌起，
在每一个名词和动词中回响。

春天到来，但依然无法出门。
订货人的最后期限就要到期。
你俯身于你的刺绣直到你哭泣，
日出和日落熬干你的眼睛。

---

[1] 该诗主要依据企鹅版帕斯捷尔纳克英译诗选，同时参照了美国诗人 Robert Lowell 的英译本（*Robert Lowell: Imitations*，Faber and Faber，1962）。

呼吸远方拉多加湖的平静,
你的双腿在浸入的浅水中战栗。
如此的溜达并没有带来宽慰,
黑暗水道的气味,如同去年夏天的衣柜。

干燥的风划过,就像经过核桃裂开的壳,
拍打着树枝、星星、界桩和灯盏
闪烁的一瞥。而女裁缝的凝视
一直朝向看不见的上游。

从那不同的方位,眼光变得锐利,
意象的精确也以同样的方式达成,
但是可怕力量的解决
就在那里,在白夜刺眼的光线下。

我就这样看你的脸和你的神情。
不,不是盐柱,是你五年前用韵律固定住的
罗得妻子的形象,蒙眼而行,
为我们克制住回头看的恐惧。

你是那么早地,一开始就从散文里

提炼出你挺立的诗,而现在,
你的眼睛,像是引燃导体的火花,
以回忆迫使事件发出颤动。

1928 年

致 M.T.[1]

你是对的,你翻开你的衣袋
并说:"好吧,请搜寻,检查。"
所有对我一样,雾为何潮湿。
所有都会证明——3月的一天。

树木披着它们柔和的外衣,
牢牢扎根在一片藤黄色里,
虽说它们的枝条因为
痛苦的重负而难以伸展。

一阵露水在枝叶间抖颤,
飘闪,像绵羊身上的毛:
露珠滚动着,像刺猬一样,
鼻尖拱进了干草堆里。

---

[1] M.T. 即玛丽娜·茨维塔耶娃。

所有对我一样，无论刮来
怎样的风，或什么人的闲谈。
所有的嘀咕在雾里消失了
我听见院子里的春天。

所有对我一样，无论穿着
是否合身，或显得时鲜。
无论命运怎样击打，在诗人
这里，都会像梦一般消散。

当波涛命定曲折地穿行
因屈从而劈出一条河道，
诗人如烟雾在矿坑里推进，
转向另一个威胁的结局。

他会从浓烟的裂隙上方
升起，尽管已在热气中压扁。
如同谈论泥炭，未来的人们会说：
"他的时代曾那样燃烧。"

1928 年

哈姆雷特

喧哗声止息。我走上舞台，
依着一道敞开的门；
从那回声中，我试着探测
给我预备着一个怎样的未来。

上千的测度夜色的望远镜
已经对准了我。
亚伯天父，如果可以的话，
请移走我的苦杯。

我珍重你执拗的构思
并准备担当起这个角色。
但是这正在上演的和我无关。
请免去我这一次。

然而剧情的布局已定，

最后的结局已经显示。
在伪君子中间我孤身一人,
活着并非漫步于田野。

1946 年

Марина Цветаева

玛丽娜·茨维塔耶娃（1892—1941），1892年生于莫斯科一个知识分子艺术家家庭，从小学弹钢琴，从少年起就写诗，第一本诗集《黄昏纪念册》(1910)所展露的天赋，很快引起人们注意，两年后又出版有诗集《神灯》。十月革命后内战爆发，丈夫谢尔盖·埃伏隆加入了白军，这决定了诗人后来的命运。1922年5月她得知丈夫还活着并流亡在捷克斯洛伐克，遂带着孩子前往，先是在柏林短期逗留，后来生活在布拉格附近，1925年11月全家移居到巴黎。捷克斯洛伐克和巴黎时期，纵然常处于孤立、贫穷的境地，却是茨维塔耶娃创作的高峰期，除大量诗歌和诗剧作品外，她还写有不少散文，展现出她那"黄金般无与伦比的天赋"（帕斯捷尔纳克语）。1939年，诗人随家人抱着一线希望回国，随后遭遇一连串女儿被捕、丈夫被秘密处决的厄运。1941年8月31日，诗人因陷入绝境，在战争疏散地、鞑靼自治共和国的叶拉布加市自缢身亡。

玛丽娜·茨维塔耶娃诗选

猫

——给马克斯·沃洛申[1]

它们来到我们的地方访问
只是当我们的眼睛不再疼痛,
让疼痛出现,——它们不会停留:
猫的心不感到羞耻!

这真好笑,诗人,你不会这样说,
我们要驯服它们是多么不易。
它们不会扮演奴仆的角色:
猫的心不会服从!

我们不可能诱使它们变得更安静,
这不是一个怎样喂它们的问题,

---

[1] 马克斯·沃洛申,著名诗人、批评家,曾为茨维塔耶娃的第一本诗集《黄昏纪念册》撰写评论。

只一眨眼——它们便已逃逸：
猫的心不装有爱！

1911 年

我的诗,写得那么早

我的诗,写得那么早,写在
我完全没想到可以做诗人的时候,
喷出,仿佛急速的水流
或是礼炮炫目的焰火。

而它们匆忙得像一些小魔鬼,不知怎的
就溜进了烛烟缭绕的教堂,
哦我那青春和死亡的诗,
——还不曾有人读过!

它落满灰尘,一直摆在书店里,
(没有人会向它瞅一眼!)
我的诗,珍藏的美酒,
会有它们的日子!

1913 年 5 月

你走路有点像我一样

你走路有点像我一样,
前倾,不抬眼看。
我也是这样低垂着我的眼!
过路人,请停下!

就在这儿采一束野花,
顺便往墓石上看一眼——
它告诉你我的名字是玛丽娜,
以及我有着怎样一段岁月。

这是墓地,但别匆忙走开,
我不会升起,附在你的身上……
我这个人只是太爱笑了
即使在不该笑的时候!

我的头发曾经很鬈曲

血液常常涌上脸颊……
过路人啊,我也曾活过!
过路人,请放慢步子!

停一会儿吧,拨开枝梗
在那后面——就是野草莓:
没有什么比墓地的草莓
更大,更甜美。

不要只是站在那里叹息,
也别久久垂下你的头。
只要稍微想到我一下就行,
然后,又照样,忘记。

愿太阳温暖着你!
愿它的光线照进尘埃里。
而我的声音没有使你不安——
这从地下发出的声音。

1913 年 5 月

命运的经卷

命运的经卷
对一个女人毫无
吸引力：对她
爱的艺术[1]是世上的一切。

心，对所有的春药
最衷情。
一个女人天生就是一种
致命的罪孽。

哦，天国太遥远！
黑暗中嘴唇相接。

---

[1] 这里的"爱的艺术"指的是历史上著名的禁书、古罗马诗人奥维德的《爱的艺术》。

不要评判,上帝!你
从来不是一个尘世的女人!

1915 年 9 月 19 日

我知道这真实

我知道这真实!其他的真实都放弃。
在大地上已没有时间让人们互相拼斗。
看——已是黄昏;看,已是夜晚。不会再有
你们的说话声了,诗人,情人,将军。

而现在风已歇息,草丛蒙上了露水,
很快,星辰风暴的旋涡也将平静。
很快,很快,我们也会睡去,在地下,所有的我们,
而那活在地上的我们不让我们入睡。

1915 年 10 月 3 日

两个太阳

两个太阳苦累地落下——上帝，我抗议！
一个——在空中，另一个——在我胸膛里。

我的良心怎能忘记它们——这两个太阳？
这两个太阳是怎样使我发狂！

现在它冷却了——它们的光线不会再伤着你的眼睛！
那燃烧最炽烈的一个，将最先去死。

1915 年 10 月

没有人会失去什么[1]

没有人会失去什么!
我很高兴我们的分开。
我现在亲吻你——穿过
一千里的距离。

我们并不相等——我懂。
我为此镇静——生来第一次。
对你这年轻的杰尔查文[2],我那
未经提炼的韵律算得了什么。

我画着十字,为你惊险的飞行:
升向空中吧,年轻的鹰!
你逼视着太阳!——我那
柔弱的目光怎能相比。

---

[1] 该诗写给诗人曼德尔施塔姆,他们有过短暂的爱情关系。
[2] 杰尔查文(1743—1816),被视为普希金之前最伟大的俄国诗人。

而我站立，比那些
看着你消失的人要更温柔……
我现在亲吻你——穿过
一千年的距离。

       1916 年 2 月 12 日

这样的柔情是从哪儿来的?

这样的柔情是从哪儿来的?
这样的鬈发我也不是
第一次抚摸到,我吻过的
嘴唇也比你的更深暗。

星辰升起而又暗淡,
(这样的柔情是从哪儿来的?)
炽热的目光投来而又隐去,
就在我的眼前。

而我从未听过这样的歌,
在这全然漆黑的夜里。
我们立誓——哦,温柔!——
深深依偎在歌手的胸前。

但是这样的柔情是从哪儿来的?

我该拿你怎么办——你这
年轻狡黠的、漂泊的歌手？
你的睫毛——能不能更长一些？

1916 年 2 月 18 日

莫斯科诗篇[1]

从我手中接过——这座非人手建成的城市，
我奇异的、美丽的兄弟。

接过它们，一个个教堂——四十乘以四十，
并让小鸽子飞上它们的穹顶；

接过它们，司帕斯基大门，一道道大门——
东正教在那里脱下了帽子；

而星星的小教堂——避难所的小教堂——
那里的地板已被泪水擦拭干净；

接过它，这五座大教堂合成的圣环，
我的煤火，灵魂，穹顶的黑金洗涤我们，

---

[1] 该诗为给莫斯科组诗中的第二首，为节译。

并且,接过它,从赤云里,从钟声里
圣母向你扔来的薄薄的外套,

而你将升起,带着神奇的力量
——永远不要后悔你爱过我。

1916 年 3 月 31 日

致勃洛克

(组诗选译)

1

你的名字是——一只手中的鸟,
一块我舌头上的冰
嘴唇马上就要张开。
你的名字是——四个字母,
一个在飞起时接着的球,
一个用嘴衔住的银铃。

一块抛进沉默湖水的石头
荡起这名字的回声。
夜里马蹄的嗒嗒声
——你的名字……

对准我的太阳穴,你的名字
——枪管的砰然一击。

你的名字——是不可能——
吻在我的眼睛上,
那闭上眼睫时的甜蜜和冷。
你的名字——冰雪的吻。
吞饮下冰凉泉水的蓝色
带着你的名字——沉沉睡去。

1916 年 4 月 15 日

4

野兽——需要洞穴,
旅人——需要道路,
死者——需要归宿,
每一个各有所需。

女人——需要纵容,
沙皇——需要统治,

而我——需要赞颂
你的名字。

1916 年

致阿赫玛托娃[1]

我不会落在你的身后。我是护送者。
你——囚徒。我们的命运一样。
这里是同样打开的空虚
它要求我们的一样——走开。

所以——我靠着虚无。
我看见了它。
让我走开,我的囚徒,
走向远处的那棵松树。

1916 年 6 月

---

[1] 该诗为给阿赫玛托娃组诗中的第六首。该诗依据伊利亚·卡明斯基和吉恩·瓦伦汀的英译本,在原文中,"你"为护送者,"我"为囚徒,伊利亚·卡明斯基和吉恩·瓦伦汀在其英译中做了大胆的调换。

像眼中的瞳孔一样黑

像眼中的瞳孔一样黑,吮吸着
光——我爱你,视野锐利的夜。

让我歌唱和庆祝你,哦歌的古老
母亲,你勒住大地的四种风。

呼唤你,荣耀你——我什么都不是
只是一只喧腾大海里的贝壳。

夜!我看进人类瞳孔已太久了!
把我烧成灰烬,最黑的太阳——夜!

1916 年 8 月 9 日

……我愿和你一起生活

……我愿和你一起生活
在某个小镇，
在一个漫长无尽的黄昏
和不绝如缕的钟声中。
就在这小镇的旅馆里——
古老时钟的
细微谐音
像时间偶尔的滴落。
有时，傍晚，自楼上某个房间传来
一阵笛声，
吹笛者倚着窗户，
而窗口是大簇郁金香。
如果那时你不爱我，我也不在意。

在房屋中央，一个彩砖砌的火炉，
每一块彩砖上有一幅画：

一颗心,一艘帆船,一朵玫瑰。
而在我们唯一的窗户外,
雪,又一场雪。

而你以我喜欢的样子躺着:慵懒,
毫不在意,淡然。
一次或两次划燃火柴的
泼刺声。
你的烟头闪耀然后转暗,
那灰白的烟蒂
颤抖着,颤抖着——灰烬
你都懒得去弹落——
它自己飞落进火焰中。

1916 年 12 月 10 日

吻一吻额头

吻一吻额头——消除烦恼。
我吻你的额头。

吻一吻眼睛——不再失眠。
我吻你的眼睛。

吻一吻嘴唇——送一口清水。
我吻你的嘴唇。

吻一吻额头——消除记忆。[1]

1917 年

---

[1] 该诗依据伊利亚·卡明斯基和吉恩·瓦伦汀的英译本,他们去掉了原诗这一节的下一句"我吻你的额头"。

囚于冬日之屋

囚于冬日之屋
或克里姆林宫——
我将忆起，我将忆起
遥远的田野。

村庄轻柔的空气，
下午，和宁静，
贡献于我的女性的骄傲——
你男性的眼泪。

1917 年 7 月 27 日

从你傲慢的波兰

从你傲慢的波兰
你带给我一些阿谀之词
和一顶深褐色帽子
你的手有着长长的手指,
你鞠躬,你爱抚你自己
王侯般带桂冠的外套。

——但是我带给你的
是两只银色翅膀。

1917 年 8 月 20 日

我记起了第一天

我记起了第一天,那孩子气的美,
衰弱无力的柔情,一只燕子神性的抛洒。
手的无意,心的无意
像飞石——像鹰——撞入我胸膛。

而现在——因发烧和哀怜哆嗦,唯有
像狼一样嚎叫,唯有:落入你的脚下,
唯有垂下眼帘,因为欢愉的惩罚——
这犯罪般的激情和残忍的爱!

1917 年 9 月 4 日

我一个人度过新年之夜

我一个人度过新年之夜。
我，丰饶，贫穷。
我，拥有翅膀，而又被诅咒。
某地的欢闹声传来，某地
人们紧抓着的酒杯泡沫横流。
但是那拥有翅膀的被诅咒。
最奇异的一个最孤单，
就像一轮无伴的月亮
升起在我的窗户。

1917 年 12 月 31 日

黑色的天穹铭刻着一些字词

黑色的天穹铭刻着一些字词,
而美丽的眼睛变瞎……
死床不再可怕,
爱床不再甜蜜。

而汗水来自写作——来自耕耘!
我们知道另一种炽热:
轻盈的火围绕着卷发舞蹈——
灵感的微风!

1918 年 5 月 4 日

普绪克[1]

(二首)

1

既不是女仆也不是冒名顶替者!
我回来了!——我是你的
第七日,你渴望的周日之休息,
你的激情你的七重天!

在世上,他们不会给我一个铜钱,
却将沉重的石磨吊在我的脖子上。
亲爱的,难道你认不出了?我是

---

[1] "普绪克"(Psyche),又译为"普赛克",古希腊神话中灵魂的化身,常以蝴蝶或小鸟的形象出现,与爱神相恋。

你的小燕子呀,你的——普绪克!

1918 年 4 月

2

你穿着,亲爱的,如此破烂的衣服,
它们曾经是柔润的皮肤,现在——
一切都磨损了,撕破了,
只剩下两张翅膀留了下来。

——让我披上你的光辉,
怜悯我,装扮我,让我变得洁净。
而这些褴褛的、布满污痕的衣服——
请存放在教堂的圣器室里。

1918 年 5 月 13 日

七支箭射进了玛利亚的心

七支箭射进了玛利亚的心,
当她为她的儿子悲伤。
七支箭穿透了她的心,我的
也被刺伤——七七四十九次。

我已不知他[1]的死活。
他,对我比什么都要心爱,
他,对我比儿子还要亲……

以这支哀歌——我安慰我自己。
如果你见过他——请告诉我。

1918 年 5 月 25 日

---

[1] "他"即诗人的丈夫谢尔盖·埃伏隆。十月革命后内战爆发,埃伏隆加入了白军,从此音讯全无,直到 1922 年 5 月诗人得知丈夫还活着,流亡在布拉格,遂带着孩子前往。

躺在我的死床上

躺在我的死床上,我将不说:我曾是。
无人可责怪,我也不会感到悲哀。
生命有更伟大的眷顾已够了,比起那些
爱的功勋和疯狂的激情。

但是你——我的青春,翅翼将迎着
这只箱柜拍打,——灵感的起因——
我要求这个,我命令你:去成为!
而我将顺从并保持耐心。

1918 年 6 月 30 日

我说，而另一个听

我说，而另一个听，
低语给一个第三者，能懂，
而第四个，带着他的橡木棍杖，
走向夜——走向英雄业绩。
世界因此有了一首歌，而以这首
我嘴唇上的歌——啊生命！我遇上了我的死亡。

         1918 年 7 月 6 日

就像左边与右边的两只臂膀

就像左边与右边的两只臂膀——
你的和我的灵魂站在一起。

我们飞入温暖、光明和祝福,
就像一只鸟的左右两只翅膀。

而一旦旋风陡起——连接断裂,
一道深渊便隔在了两翼之间!

1918 年 7 月 10 日

我祝福我们的手头活

我祝福我们的手头活,祝福
每晚的入睡。
一夜又一夜祝福。

而这外套,你的外套,我的外套,
半落满了灰,半是洞。
我祝福陌生人家里的

宁静——祝福烤炉里的面包。

1918 年

致天才

（节译）

他们以同样的水盆给我们洗礼，

他们以同样的花环嫁娶我们，

他们折磨我们以同样的牢狱，

他们标戳我们——以同样的烙铁！

1918年8月5日

我只是快乐地活着

我只是快乐地活着
如一座钟,或一座台历。
或一个女人,瘦小,
迷失——如其他任何生灵。为了知道

我灵魂的爱。为进入尘世——迅速
如一束光线,或一瞥。
为像我写的那样生活:省着点——上帝
这样要求我——而朋友们不。

1919 年

有些人——石头做成……

有些人——石头做成,另一些——泥塑,
但是无人像我这样闪耀!
玛丽娜是我的名字,我要做的就是任性,
我是大海里转瞬即逝的泡沫。

有些人——泥巴做成,另一些——血肉,
对他们,石碑和墓地在等着……
而我在大海里受洗,飞在波浪上
每一刻都会撞得粉碎!

无论什么样的网,什么样的心
我将——奋起穿过它们。
是否看见那绺飘垂在我额头上的刘海?
我永远也不会结成冰。

我被你花岗岩的膝头撞得粉碎,

而又随着每一阵涛声溅起——
我复活了!——所有的浪花欢呼。
这高高的,活生生的大海泡沫!

1920 年

这并非那么容易

这并非那么容易,
你指望发出声音的人沉默。
去吧,从高高的绞刑架,
我再一次向你点头。

并且,扬起你惊讶的眉头
你将知道诽谤的徒劳:
我以紫色的血写作——
而不是墨水的黑。

1920 年 5 月 20—23 日

女人的胸乳,灵魂冻结的呼吸

女人的胸乳,灵魂冻结的呼吸——
女人的理由!波涛,出其不意而又
被捕捉住——总是出其不意
为你捕捉住——上帝看着!

那蔑视的和被蔑视的嬉闹围栏
安静下来。——女人的胸乳!——避让的
盔甲!——我在想着那些……
独乳的女人——那些女友!

1921 年

约会

我将迟到,为我们已约好的
相会,当我到达,我的头发将会变灰……
是的,我将被攫夺
在春天,而你赋予的希望也太高了。

我将带着这种苦痛行走,年复一年
穿过群山,或与之相等的广场、城镇,
(奥菲尼娅不曾畏缩于后悔!)我将行走
在灵魂和双手之上,无须战栗。

活着,像泥土一样持续。
带着血,在每一道河湾、每一片灌木丛里;
甚至奥菲尼娅的脸仍在等待
在每一道溪流与伸向它的青草之间。

她吞咽着爱,充填她的嘴

以淤泥。一把金属之上光的斧柄！
我赋予我的爱于你：它太高了。
在天空之上是我的葬礼。

>   1923 年 6 月 18 日

电线[1]

(组诗选译)

1

沿着这歌唱的电线从一极
到另一极,支撑起天堂,
我发送给你一份
　　　我在此世的尘灰。
　　　　　　它传递着,
送向远方。通道标志
电报的密码:我——爱——……

我祈求。(没有印刷物可以

---

[1] 这是茨维塔耶娃流亡在捷克斯洛伐克期间写给帕斯捷尔纳克的一组诗,共十首。

固定那个词!但是电线更简单。)
阿特拉斯[1]自己
通向极地,众神的跑道
变低。
    沿着这文档
电报密码:再——再——见……

你听到了吗?这最后的词
从我嘶哑的喉咙撕裂:原——谅——……
越过大西洋平静的田野
被缆索系住。高,更高,
一切在阿里阿德涅[2]的网线里
熔在一起:回——回——来……
而一声清楚的哭喊是:我不离开……

这些电线,是来自地狱声音的
钢铁卫士,

退去……退向远处,

---

[1] 阿特拉斯,希腊神话中的顶天巨神。
[2] 阿里阿德涅,希腊神话中米诺斯国王之女,曾给情人一个线团,帮他走出迷宫。

依然乞求着一点点怜悯。

怜悯？（但是在如此的合唱中
你能否分辨出来？）
那哭喊升起，当死亡来临——
穿过坟墩——沟渠——她的
最后游荡——欧律狄克[1]的——
致命一声：哎——哟，

而不是：——哎——

7

忍着点，如同铺路石在铁锤下，
忍着点，如同拔节和成熟，
忍着点，如同死亡必须等待，
忍着点，如同不必急着报仇——

我将如此等你。（往大地看下去。

---

[1] 古希腊神话，俄耳甫斯领着受了蛇伤的妻子欧律狄克离开冥府，就要重返人间时，俄耳甫斯忘了冥王的叮嘱，忍不住回头，死亡又一次将欧律狄克拉回冥府……

大鹅卵石。豁嘴唇。冻僵物。)
忍着点,如同懒散可以拖长,
忍着点,如同人们串念珠。

雪橇在外面吱嘎有声;门在回应。
森林内部狂风怒吼。
而写作,它的纠正,傲慢如同
政权更迭,或像王子驾到。

那就让我们回家!
这种非尘世——
而它,是我的。

1923 年

树木

(组诗选译)

2

当那些醉饮凌辱的
成为激怒的灵魂,
当她七次走向搏斗的精灵
她立下誓约。

不跟着这些:跟着火焰般的雨
涌入深渊,
跟着大地上卑贱的日子,
跟着那些顽固的人——

树木!我走向你!被拯救

从市场的尖叫中!
像呼吸的心被你的波涛
高高扬起!

橡树在和上帝角力! 根
和躯干一起扭动!
柳树——我的女先知们!
还有你们,白桦的处女

从折磨中升起
松树——我嘴唇的赞美诗!
还有你们,苦愁的梣木,
愤慨的赤裸的榆树——

给你们! 让这弄碎的一切
成为飞叶——活着的信使!
第一次张开双臂!
抛撒手稿!

…………

4

朋友们！兄弟般的一群！
你，你们的摩挲已扫过
大地受凌辱的痕迹。树林！——
我的极乐世界！

灵魂的合伙开瓶者
友情的响亮乐队
选择了节制，日子
兄弟般的安静——我将结束。

还有那些，跺脚的一群
在小丛林牺牲的
火光中！在青苔巨大的
寂静里！在杉树的起伏中……

树林的智慧潮流！预言的
树木，在虚无中
弯成曲线，这里，
是完美的生命：

没有奴隶,也没有丑陋者,
一切都拥有它们的高度,
这里,更好地看见真理:
在日子的另一面……

8

有人在奔驰——奔向致命的胜利。
而树木有着悲剧的身姿。
犹太人——秘密的舞蹈!树木
一阵神秘的颤动。

这是——一场对抗时代的密谋:
重量,计数,时间,碎片。
这是——一道撕开的窗帘:
树木在死亡中摇曳。

有人在奔驰。天空——入口。
凯旋的身姿拥有了这些树木。

诗人

(组诗选译)

3

现在我怎么办,一个瞎子和无父的人?
任何别的人都可以看,都有一个父亲。
这个充满沟壑的世界已容不下激情
好像它能带来灭顶之灾
而哭泣——被称为多余。

现在我怎么办,一个天生从事
歌唱的生灵(像晒焦的电线!西伯利亚!)
当我走过我的魔法桥
我那一瞥,在一个称重和度量的世界上
又有什么分量?

现在我怎么办,歌手和头生子
在一个深黑的世界里——变灰?
把我的灵感保持在——一个暖水瓶里?
因为它太浩瀚了
在这个已被死死限定的世界上?

1923 年

窃取过去

也许,最好的胜利
是穿过时间和地球引力
而不留下痕迹,
甚至不在墙上投下

一丝影子……
　　　　也许,抛弃一切
从镜子中抹去自己;
就像莱蒙托夫在他的高加索
窃取过去而无须惊动岩石?

也许,这会更快乐
不去触动管风琴的回声
甚至以巴赫的手指;
消失,而不给骨灰瓮

留下一点灰烬……
  　　　　也许,你会有
你自己的方式:从纬度上卸脱;
从时间中窃取如同从海洋中
而又不把水面搅动……

  　　　　　　　1923 年 5 月 14 日

你爱我,以真实的……

你爱我,以真实的
虚假——以虚假的真实;
一个爱我到极限的
人,跨过所有限制!

你,一个爱我到永远的
人——突然间,手臂挥动!
一切过去,你不再爱我:
这五个字即是真实。

1923 年 12 月 12 日

嫉妒的尝试[1]

你与另一个女人过得如何？
更容易一些，是不是？双桨一击
海岸的波浪线消隐——
对我的记忆便很快

成为一座向远方飘离的岛屿
（不是漂在海水里——是在空中！）
灵魂们——你们注定是姐妹——
是姐妹，而非情侣。

而你与另一个会过日子的女人
过得如何？不需要她也有个上帝？
你宝座上的女王哪里去了——

---

[1] 该诗中译依据伊利亚·卡明斯基和吉恩·瓦伦汀的英译本。原英译为节译，且带有一些意译成分。

现在你的呼吸是否顺畅?
处处小心,醒来身边是另一个人?
可怜的人,你好吗?

"歇斯底里还有没完没了——
够了!我要另给自己租一间房子!"
究竟过得如何啊,与那另一个?
你,我亲爱的。

早餐的鸡蛋煮好了吗?
(若是吃了不舒服,可别怪我!)
如何,只是和明信片一起活着?
你这个登上过西奈山的人。

如何,和一个尘世的陌生人
度过此生?她这根肋骨你爱吗?
——是否正合你的口味?

这就是生活?你咳嗽吗?
怎么尽用那些便宜货?市场涨价了吗?
如何去吻石膏灰?

你厌倦了她的新鲜身体了吗?
该如何与她相处,与一个
世俗女人,而没有第六感?

    你幸福吗?
不? 在一个浅水洼里——你如何生活,
我亲爱的。这是否艰难得
如我与另一个男人在一起时一样?

1924 年

山之诗[1]

（选节）

序诗

一个肩膀：从我的肩上
　卸下这座山！我的心升起。
现在让我歌唱痛苦——
　歌唱我自己的山。

一个黑洞，我从此
　永不可能把它遮断：
让我歌唱痛苦

---

[1] 布罗茨基被问到何时接触到茨维塔耶娃的作品时，他举出的正是这首诗："我不记得是谁拿给我看的了，但是当我读到《山之诗》的时候，觉得咔嚓一声，万物顿然不一样了。"

从那高耸的山巅!

1

那座山,像征募来的
新兵身体,被炮壳洞穿,
它想要吻还未触到的
一张嘴,想要一个婚礼。

而海洋涌入了它的耳郭,
以一声猛然的"好哇"。
山在抗拒,山在搏斗,
它所渴望的不是这些。

那山就像是一声雷霆!
巨鼓胸膛被提坦擂响。
(你可记得山的最后一座
房子——在那城郊尽头?)

那山拥有众多世界!
其中一个,上帝的要价很高。

痛苦一直从山[1]里发源。
山——俯瞰着人寰。

3

仿佛在它的手掌上天堂被赐予,
(如果它太灼热,别去碰!)
它把自己扔在我们脚下,
以它的重重巉岩和溪谷。

以提坦的巨爪,以它
所有的松针和灌木丛,
山一把抓住我们的衣襟
并且命令:站住!

和书上的乐园多么不同
它总是刮着穿堂风,
山把我们从后背拉倒,
倒向它自己,喝道:躺下!

---

[1] 在俄文中"山"("ropa")与"苦难"("rope")谐音。

那来回拉扯着我们的暴力,
——究竟要如何?不知道。
山。皮条客。指点着朝圣者,
说:来,就在这儿。

5

那种激情,别去拖延!
它从不说谎。也不会终结。
如果我们来到这个世界仿佛
只是作为爱的血肉之躯。

简单点,也灵敏点:这儿
只是一座陡坡,那儿是一道伤口。
(而他们说凭着深渊的
吸力,你才可以测量高度。)

大簇的荆豆花,色彩变暗
在松林受折磨的荒岛中……
(谵妄,越出了生命的水平线)
——占有我吧。我是你的。

可是只有家养的温柔怜悯
来替代——那小鸡的喊喊喳喳——
而我们来到此世之前我们
就曾活在天堂的顶点：爱。

6

山感到悲伤，为我们的离别，
它的泥土也变得苦涩。
山感到悲伤，为我们那鸽子般的
温柔、寂寥的清晨。

那山为我们的友情悲伤：
嘴唇的致命的连接！
那山说："对每个人
所赐予的——将依据于他的泪水。"

山感到悲伤，因为生活就像
吉卜赛人的帐篷，永远飘零！
山依旧感到悲伤：夏甲

有了孩子——还是被逐出家门![1]

山还说那是恶魔在下赌注,
谁也无法主导这场游戏。
山还会说下去,而我们沉默。
我们留下一切,让山来评判。

8

阿特拉斯的驼背,呻吟着的
　提坦,日出日落,这座
我们生活的城,也终将
为它的山而骄傲。

我们被洗劫的生命——被一场
牌局,仍在那里坚持
最后一点激情。像坑中的熊,
像十二使徒——

---

[1] 据《旧约·创世记》记载,夏甲为亚伯拉罕之妻撒拉的埃及女仆,由于撒拉不孕,将夏甲送给丈夫作妾,夏甲生下儿子以实玛利,后来母子仍被赶出家门,生活在巴兰的旷野。

向我的黑暗洞穴致敬吧。
（我就是那洞穴，让大海涌入！）
而最后的摊牌，你可记得
在那郊区的尽头？

山，众多的世界！众神
要对它们的相似进行报复！
我的痛苦从山里发源，现在
它压向我——如同我的墓石！

1924 年 1 月

房间的尝试[1]

蛰伏的墙在这之前已经
设定好。但又——滑落?一种命运的扭转?
我记得有三道墙,
我不能确证有第四道。

谁可以告诉,背对着那道墙?
也许它就在那里,也许

不。那么,一幅草图?不过
如果不是一堵墙在我身后——又是什么?

---

[1] 这首诗写于"三诗人通信"期间,帕斯捷尔纳克在一封给茨维塔耶娃的信中曾谈到在一个房间与她相会的梦,这是触发该诗的一个因素。关于该诗,茨维塔耶娃自己在1927年2月9日给帕斯捷尔纳克的信中说:"这首诗关于你和我……它写出后,作为一首诗也关于他(里尔克)和我,每一行都如此。"

无论是什么都不期求。调遣，经过德诺[1]
沙皇退位。消息到达

不只是通过邮件。紧急的无线电
来自任何地方和时候。

而你在弹钢琴吗？一阵微风。
气流。像船，迎风而行。那棉花的
手指。奏鸣曲的曲谱拍翅。
（别忘了：第九是你的。）

对那道看不见的墙，
我有一个名字：后背之墙，

它会屈向钢琴，屈向书桌，
甚至屈向一个修剪工具箱。
（这道墙有它自己
成为走廊的方式——

---

[1] 德诺（Dno），火车站名，1917年3月1日夜，载有沙皇尼古拉二世的火车经过这里中转，并改道前往帕斯科夫，次日沙皇宣布退位。另外，俄语中的"Dno"如果作为普通名词，其义为"底""底部"，由底部还可联想到"到底了""到尽头"。

在镜中。你一瞥——它就在那里。
一把虚无的可携带椅子。)

一把给所有不能进屋者的
椅子——门槛对鞋底很敏感!
墙,在你的现身
之外——它匆忙往来于过去

和我们之间。那里仍有一个
完整的段落。你像丹扎斯[1]那样出现

从那后面。
因为它,就像丹扎斯,
受邀并选择,带来那一刻和那一天,
(我知道它的名字:后背之墙!)
但并不进入屋子,像丹特士。

扭过头来。——准备好了?
你会的,在十节诗里,

---

[1] 丹扎斯,普希金的朋友,普希金与丹特士第二场致命决斗的公证人,是他选择了让丹特士先开枪。

或数行诗里。

　　　　一种目不转睛地进攻,在后卫。
但是把这墙后面的主题放在一边,
天花板已明确出现在那里,
虽然我并不认为那是客厅里的,

也许它甚至有点倾斜。
(一把刺刀插入
后卫)
　　这里已是对脑子的
榨取。后背陷入土堆。
契卡[1]的垂直之墙,
黎明之墙,阳光镀亮之墙

编队,姿态的轮廓比在阴影里
更清晰——开火,从后面,从背后。

我不能理解这个:处决。
但是,把刑讯室的主题放在一边,

---

[1] 契卡,全俄肃反委员会缩写的音译,大恐怖的象征。

天花板确实
完好无损。(它仍在我们前面——现在

它做什么用?)我将回到第四道墙,
那里,懦夫将后撤,
止步。
　　　"但是地板呢——嗯?
你一定得……处在某样东西上……"
是的,虽然并不是人人都需要它——
在翅膀上,在树枝上,在马背上,
一道绷紧的缆索,越过摇晃的世界——

甚至更高!……
　　所有的我们,都得在那个世界,
学着在虚无上
行走。

而地板是为了脚……
如何,一个栽种者,如何扎根!
不会有渗漏,从那天花板。
记住这古老的折磨:一滴

一小时？一片地板：所以青草不会
长进屋里，大地不会涌入——

甚至在这连一道栅栏也不会
成为障碍的五月之夜！
三道墙，一片天花板，还有地板。
这就是所有？现在，一切都安置好了！

百叶窗将宣布他的到来？
房间里可是有点乱，
那草草记在破垫子上的字迹
苍白得发灰。

不是被一个涂灰泥墙者，或搭屋顶人
而是被一个梦，一个无线电路的
守卫；一个他会见一个她
在眼睑下面的空隙里。

不是一个供货商，也非做家具的——
一个梦，比瑞威尔[1]的燕子

---

[1] 瑞威尔，苏联城市塔林的旧称。

更赤裸。从不闪光的
地板。一个房间？仅仅为表面。

甚至站台更友好！
一些东西来自几何学，
卡片山里有深渊——
理解来得太迟了，尽管。

书桌是一辆四轮马车的
制动器？总之，桌子被胳膊肘
喂养。胳膊肘向外的倾斜
使你的桌子成为桌子。

就像鹳鸟带着孩子们——
当你需要什么，
它就会在那里。别事先发愁。
椅子将带着客人升起。

别去谋划，一切皆为天意……
（需要我告诉吗？……）

一个不为人知的

边远林区的
小客栈：
灵魂的指定会聚地。

一间会面之屋。所有的分别
自南方，带着南风。
而那些手，将招待我们？
不，一些东西比手更安静，

也更光亮，更
干净。修补旧物，
款待？——那些客套
免去！

这里，我们是别碰我
正当如此：手的信使，
手的意念，手的界线，
手的远离。

无须狂热的"你－在－哪里？"
我等待。一同归于沉默。
只有在普绪克的门厅里

有什么会同我打招呼。

只有风是对诗人的奖赏!
我所确信的是走廊。

穿越——那是部队的行军。
所以站在房间里,就像
竖琴之神……
　　　　——那才是诗之路!

风,风,吹过额头,像是三角旗
因我们的踩踏升起!

在走廊里标下
"如此向前":距离变得亲密。

以异教徒的白嘴鸦似的侧面像,
以默默的速度,以孩子的步子

量出的距离,以雨的证据
那甜蜜的韵律:grifel—tufel—

kafel[1]……而在什么地方,在雄孔雀的
翕动中,一座塔称为 Eiffel[2]!

对一个孩子,一条河是一窝卵石。
远吗?不,一瓣橘子。

对一个受管教的孩子,距离
是一只手提箱和一个家庭女教师。

但是别抛开它(距离很有型),
他们用运货马车拉来的东西……

距离进入了铅笔盒……
走廊:房子之运河。

婚礼,命运,事件,限期——
走廊:房子之入口。

不只是金雀花在走廊上漫步,

---

[1] "Grifel""tufel""kafel"均为俄语中的谐音词,意为"石笔""鞋子""瓦片"。
[2] "Eiffel",即巴黎的埃菲尔铁塔,与诗中的几个俄语词谐音。

凌晨五点带来一封匿名信。

艾蒿种子和草皮的味道。
占领？那只是一个走廊男孩。

只要求我们公正地分享：
走廊的"卡玛格诺利之歌"[1]。

一个修建（挖出）走廊的人
知道在哪里弄弯它们——
为了血的时刻
为了转过那个

心之角落——那尖锐的
角度，雷霆的磁铁：
以血来清洗心的岩礁
从它的每一边。

这走廊的创造者
就是我——别要我解释！

---

[1]"卡玛格诺利之歌"，法国大革命期间流行的歌曲。

为了给大脑以时间
为了让所有的电线

宣布:"不再登载。"
并且,在心的枢纽:"它在到来!
如果你准备跳越——闭上你的眼!
如果不——离栏杆

远一点!"走廊的创造
由我(只是——不作为一个诗人!)
为了给大脑时间
为了分配座位,

为了指定的集合地——方位,
签到——一种预测——设定——
但用词经常出错,
那姿态也完全是假的。

为了使爱的天气变好,
为了你可以爱我的整体,
顺着嘴唇最细微的

缝，或衣服的？——或眉头。

熨平一样东西——任何人可以做到！
走廊：房子之隧道。

像一个盲人被他的女儿领着——
走廊：房子之沟壑。

朋友，看：像一封信，像那个梦：
我观察你通过希望的光线。

在你的第一场睡眠中，当你合上眼睑：
我看着你通过一道光的

预兆。看进时间最远的一点：
我就是光的眼。

那又怎样？
梦是：调和。
在那里上升，
在那里弯曲

眉头对眉头。
在你的——眉前。
"眉"——与它最合韵的
是:"嘴。"

也许,因为墙已消失,
天花板明显地

倾斜。在我们的嘴里呼唤语
绽放,地板也明显地裂开。

看吧,通过那道裂口——绿,如尼罗河……
天花板明显地漂走。

而这地板——除了"该死的"我们还会
怎样对它说!这些肮脏的木板

怎么了?落满足够的尘灰?更高!
靠一条破折号,诗人把一切

连接在一起……
　　　越过两个身体的虚无

天花板明显地在唱

像所有的——天使。

1926年,（法国）圣吉尔—维

新年问候[1]

新年好——新行星——世界——家!
这第一封信寄往你的新居所
——说它繁茂、翠绿[2]不对——
(繁茂:反刍)你的充满回响的所在,
像是风神空洞的塔。
这第一封给你的信寄自你昨天的
故国,在那里,离开了你我的心止不住抽搐,
这片大地,现在已是一颗朝向你的
星……告别和后退的法律
就在痛失的爱人那张已成为另一个人的

---

[1] 1926年春,经帕斯捷尔纳克介绍,茨维塔耶娃开始与里尔克通信。里尔克于1926年12月29日因白血病在瑞士的一家疗养院逝世,恰在新年到来之前,茨维塔耶娃于次年2月7日完成了这首挽歌。该中译主要依据妮娜·科斯曼(Nina Kossman)的英译本,也参照了布罗茨基的部分译文及其他对这首他称之为俄罗斯诗歌"里程碑式的作品"的长篇解读。
[2] 诗人在这里联想到俄国东正教牧师对死者惯用的祈祷词"在绿色的牧场,在受祝福的国度……"

脸上，难以忘怀，成为不可能。

要我告诉你我是怎样知道的吗？

没有地震，没有火山喷发，

有人进屋来——并不特别（不像你那样

可爱）。"悲哀的事情。

《日子》与《消息》[1]已登了。能为我们写点什么吗？"

"哪里？""在山里。"（冷杉树枝探进窗户。

一张床单。）"你不看报吗？……

所以你会写一篇？""不。""但是……""免了吧。"

大声说："这太难了。"心里："我不是背叛者。"

"是死在疗养院。"（一个租来的天堂。）

"何时？""记不清了——昨天，或前天。

你去阿尔凯扎[2]吗？""不。"

大声说："就在家里。"心里："别让我当犹大。"

那么，即将来临的新年好！（你诞生于明天！）

要我告诉你我做了什么吗？在得知你的……？

嘻！……舌头滑落了。我的老习惯：

把"生"和"死"都放在引号里，

---

[1]《日子》《消息》，均为巴黎俄国侨民办的报纸。

[2] 阿尔凯扎，巴黎的一家俄国餐馆，俄国侨民界将在那里举办新年聚会，茨维塔耶娃受到邀请。

既然有那么多的空洞言谈。
我什么也没有做,但已做了一些什么,
一些事物向前运行,既没有阴影也没有
回声!

    现在,告诉我,你朝向那里的行旅
怎么样?是不是头有点晕但是并没有
被撕裂?犹如骑着奥尔洛夫马[1]
——不慢,你说,迅疾如鹰[2]——
从你自身击打出空气——或更多?
更甜蜜?那里既没有高度也没有斜坡
为一个曾在真正的俄罗斯鹰上
飞翔过的人。我们与另一世界
只靠血的纽带。谁到过俄国谁就从此世
见到它。平稳的飞渡!
我表述"生"和"死"带着一丝
假笑(以你自己的微笑来触摸!)。
我言说"生"和"死"带着注脚,

---

[1] 奥尔洛夫马,俄罗斯名马,由叶卡捷琳娜二世的重臣奥尔洛夫培育而成,里尔克在《夜骑,在圣彼得堡》(1907)一诗中提到这种俄罗斯马。
[2] 在俄语中,"Orlov trotters"("奥尔洛夫马")源自"Count Orlov"("鹰")这个词。

带着星号（像我渴望的夜：
那取代脑半球的——
繁星闪闪的一个！）。
　　　　以下这一点，我的朋友，
我们别忘了：如果俄国文字的运用
现在取代了德国的[1]
并非因为当今任何事情都会发生，如他们声称，
一个死者（乞讨者）不眨眼就可以吞咽下
一切，而是因为那另一个世界，我们的。
——我十三岁时就明白了这一点，在诺芙德威契[2]——
这不是空谈，而是获得了语言！

所以我要问，不无悲哀：
为什么你不再问在俄语里怎么说
"巢"？那是一个韵脚为所有的翅膀：
天国。

这样问我是不是离题了？但是不会有
任何离开了你的漫游。

---

　　[1]　在这之前茨维塔耶娃与里尔克的通信都是以德语进行的。
　　[2]　诺芙德威契，即"新圣女修道院"，为莫斯科著名的修道院。

每一种思想，每一个音节，每一声 Du Lieber[1]
都引向[2]你那里，话题不是个问题
（虽然德语对我比俄语
更亲近，最亲近的仍是天使！）——但是如果
你不在了，那里便什么也没有，除了坟墓。
一切，当它不是，然而它曾是。
——你是否……最后，就离我不远？……
那里像什么呢？赖纳，你如何感觉？
急切的，确信的——
你对那个世界的第一眼
（那个诗人进入其中的宇宙！）
而你最后的——我们这个星球
曾一度作为全然的整体赠予你。
不是作为生命和灰烬，身体与灵魂
（把这两者分开也就冒犯了它们）
但是你的视野会随着你，跟着你自己，
——成为宙斯追随者并不意味成为最好的——
与自己相遇：就像卡斯托尔和波吕丢刻斯，[3]
与自己相遇：就像青铜塑像与青草，

---

[1] Du Lieber，德语，这里的意思为"心爱的"。
[2] 因为自幼随母亲在德国等国看病、旅居，茨维塔耶娃很早就学会了德语。
[3] 卡斯托尔、波吕丢刻斯，宙斯的双生子。

既不分开也不相遇,但却对照于
第一次的相遇与第一次分离。
　　　　现在,你如何看你自己的手呢,
那还带着墨渍痕迹的手
从你的如此多(多少?)的里程
——不可计量因为它无始无终——
已高过了地中海的
水晶刻度——和所有其他的浅碟。
一切,当它不是,然而它将是。
对我也如此,处在这郊区之外。
一切当它不是,然而它已是。
——什么是额外的节日,对一个写作的人?
那里还有什么要注视呢,
当胳膊肘靠着剧院包厢的边缘?
在此生命里,如果不是为了另一种,或来自它
什么是这种生命里长久的磨难?
我生活在贝尔维尤[1],一个
鸟巢和树枝的小镇。和导游交换一下眼色吧:
贝尔维尤。一个从窗户里眺望美景的
监狱——高卢人的幻想宫殿

---

[1] 贝尔维尤(Bellevue),茨维塔耶娃处在巴黎郊外的小镇名字,意思是"美景"。

巴黎——而它有点远……
当你靠在那猩红色天鹅绒边缘上俯瞰,
这对你和对我来说是多么滑稽,
从你那不可计量的翱翔高度往下看吧
贝尔维尤和我们的贝尔维代雷[1]!

   跳过细节。移动。匆促。
新年来到门口。我将和谁一起碰杯?为了什么?
我这是怎么了?以棉球来堵住酒沫。
那是什么?敲响的十二点。就让它这样。
我该怎么办在这新年的喧闹里却伴着
内在的韵律——"赖纳死去"?
是不是,如果你,如此的眼睛暗淡了,
那么生命不是生命死亡也不是死亡。意义
消失了,但当我们相遇时我抓住它——
一个既非生也非死的第三者,一个新的
侧面……(甚至为此铺好了麦秆,并且
以怎样的欢喜迎接二七年的到来,
并和二六年再见——它和你一起开始

---

[1] 贝尔维代雷(Belvedere),贝尔维尤在德语中的读法。从词源学上看,它们都源于意大利语,意思是美景,建筑学中用来指称修建在郊外高地上的观景楼或宫殿。

并和你一起结束![1])

　　越过桌子的漂离岛屿,我向你
轻轻摇晃杯子,碰一杯?不是通常的那种而是:
以"我"来碰沉默的"你",
以此押韵,谐音——那真实的第三者。
　　越过漂移的桌子我看着你的十字。
如此多的地点——在城外,如此多的空间
在城外!如果那片灌木不是在向我们致意
是在向谁?这些地点——在为我们出现,
不为任何别人。所有这些叶子!所有这些松针!
我们的,你和我的(你带上了你的)。
(这里,我们是不是还有一个指定的地点
去交谈?)别担心没有地方去!整个星期!
月份!雨蒙蒙的郊外,不会有其他
任何人。还有早晨!每一样事物到来,
甚至无须从夜莺的鸣啭开始。

也许我看到的有限,从我的低地。
也许你看到的更多,从那高处。
在我们之间并没有什么东西产生。

---

[1] 指1926年春茨维塔耶娃与里尔克开始通信直到他在该年底逝世。

如此多如此纯粹如此简单的
虚无,正好相称于我们的容量和尺寸
给一个如此的 T[1]——不需要去计数它们。
什么也没有——别指望从日常中会产生
什么东西(那些因此误入歧途的人
全错了!)而那又是些别的什么
界线,你是如何落进去的?
　　　　　古老的戒律:
虽然那里是虚无——纵使是虚无……
哦,让它成为某种事物,从远处,甚至
从影子的阴影中!虚无:那些时刻,日子,
房屋。甚至一个死囚,戴上锁链,
也拥有记忆的馈赠:嘴唇!
或我们是不是过于挑剔?
在所有事物中,唯有那个世界
是我们要的,仿佛我们只是我们自己的
反射:在这一世界我们拥有另一个的全部。

向着那至少建立起来的边区——
新空间好,赖纳!新国度好,赖纳!

---

[1] "T"为茨维塔耶娃名字的第一个字母。

向着那可以看到的最远的海岬——
新眼睛好，赖纳！耳朵好，赖纳！

每样事物对你都曾是一种妨碍：
甚至激情，甚至朋友。
新声音好——回声！
新回声好——声音！

多少次，在教室的桌椅间：
什么样的山岭在那里？什么样的河流？
多么可爱，一片没有游客的风景。
我是不是猜对了，赖纳——天国就是一道山，
一阵风暴？而不是寡妇们渴望的那个——
天国不止一个，在它上面，
还有另一个？带着梯级？我以塔特拉山[1]来判断——
天堂不可能是但一定是个带两翼的剧院。
（帷幕落在某人身上……）
赖纳，我知道的是不是真的，上帝是一棵生长的
猴面包树？而不是一枚金币——
上帝也不止一个，对吗？在他上面，还有另一个

---

[1] 塔特拉山，横贯捷克斯洛伐克边境的喀尔巴阡山脉的最高部分，捷克斯洛伐克的国歌即为《塔特拉山的风暴》。

上帝?

　　　　写作如何,赖纳,在你的新居所?
如果你又开始了,再一次,诗:你自己
就是。在那甜蜜的生命里写作如何?
没有书桌为你的胳膊肘,没有前额
为你的手掌?
　　　　——写点什么来,以我们知道的密码。
赖纳,你是否愉悦于新的韵律?
既然——不只是词的意义
而是一个全新的谐音系列涌现:
死亡?

　　死亡就是:舌头被控制。
一个全新的意义和发音系列
涌现——直到我们见面并重新认识!
我们将见面吗,赖纳?我们的声音将见面,
在一个流动的新大海里,一个我仍不知道的
新的世界,一个全然的我。

所以我们不像船那样错过——那潦草的一行。
新的声音轨迹好,赖纳!

一架通向天国之梯——那里,充满礼物,攀上……

新的伸出的手掌好,赖纳!

而我将以我的眼睛为杯,什么也不会泼出。
在罗纳河之上在拉罗涅之上,[1]
越过石头越过最终的分离之地,
把这些送到赖纳—马利亚—里尔克的手中。

1927 年 2 月 7 日,贝尔维尤

---

[1] 罗纳河,一条源自瑞士南部、流经法国东南部的河流。拉罗涅,里尔克的安葬之地。

空气之诗[1]

看,这就是那打开的对句,

第一枚钉子钉进去。

舱门依然显而易见,

仿佛一位客人就在后面,

这安静的客人(像松树

在门口——询问寡妇)

看上去安详,

像一位客人赢得了

他的主人的邀请,主人的

青睐。这个不谈:

---

[1] 1927年5月20—21日,美国飞行员查尔斯·林德伯格驾着"圣路易斯精神号"从纽约起飞,飞越大西洋,最后在巴黎降落,飞行长达33个半小时,在当时成为轰动性新闻。茨维塔耶娃受此激发,写下了这首长诗,它与诗人在这之前完成的《房间的尝试》《新年问候》堪称姊妹篇,其中"七层空气"的结构也可视为是对里尔克的"七重天"的呼应,不过,诗人在诗中只写到第一、第三、第五、第七层空气,因为她偏爱奇数,并视"七"为"神圣的七"。

他很有耐心，
仿佛一位客人伫立在
女主人的标志下——沥青般的黑暗——
一道闪电掠过仆人们！
男人或幽灵——一位客人
被那些不能敲门的
紧紧跟随；女主人的心
因而下沉
犹如斧头下的白桦树。
（潘多拉的盒子裂开，
保险箱充满了麻烦）。
不可计数的涌入，
但是谁，无须敲门，等候？
以静听的信念和时间，
并且，紧靠着墙，
似在期待耳朵的回应
（在我里面反射你的回声）。
进入的必然性，
一种必然的甜蜜徘徊
（而又表现得恐惧！）
手里带着钥匙。
越过这个丈夫和妻子们的世界，

对感情无动于衷；
一个像奥甫津那样寂静的修道院[1]
甚至放弃了钟的和谐共鸣。
灵魂不需要情感的
地层；赤裸如阿拉伯游民。
舱门由上而下，
耳朵是不是也如此？
它挺立，像农牧神的
犄角；像骑兵中队之火！
任何更多，而那舱门
将松开铰链
从在场的力量那里——
它的背后！那是，激情的一瞬，
超越所有的可能，
血的器皿跳动。没有敲门声
而地板飘浮，
舱门跳落入我的手中！
渐渐地，黑暗退到一边。

---

[1] 奥甫津修道院，十月革命前的一个修道院，位于卡卢加省。

*

绝对的单纯。

毫不勉强。浅睡。

这是典型的阶梯,

典型的时刻(夜)。

有人贴着墙伸开手脚

躺着,呼出

花园的气味,有人有限定地

让我探出第一步——

在夜的

充满的神性中。

苍穹的充满的高度

(像是落叶松的轻哼,或

河水冲刷着桥墩的声音……)

完全无视于

时间和地点;

完全不可见,

甚至在影子里。

(夜不再投掷黑色

在这绝对的黑暗里。

眼的虹彩成为朱砂和胭脂红……

过滤的世界
——进入你的眼睛——
我将不再以美
来玷污它。)
一个梦？不。只能说——
一种样式。在里面？在下面？
或只是看上去的那个样子？听着：
我们，不过相隔一步！
但并非迈着夫妇的
或一对孤儿的同等步子；
这还不是精神，我的。
(羞耻！不是他们撕开的——
但我们仍得去修补。)
一些事物得分成等级：
或者你往下挪一寸
向所有的思想者——
整个王国！——
或者，即使我被听到
我也不再有声音。

*

一个完美的韵律模型。
韵律,我的,生来第一次!
像哥伦布,我问候
这片空气的——
新大陆。忘了那撕裂的
真实。泥土的春天返回
稳稳的,犹如
女人的乳房,在磨穿的
士兵的靴子下。
(母亲的乳房在孩子们的
脚下……)
　　　　逆着潮流
步入稠密的实体。
这条路并不容易
踩踏。推开空气:
犹如蹚过俄罗斯黑麦的波浪,
蹚过奇迹般的水稻,
并穿越你,中国!
仿佛是向大海挑战,
(挑战意味着

服从于心）以群集的
加入的肩膀。我飞——
像赫拉克勒斯[1]。
大地容光焕发。
第一层空气稠密。

*

而我梦到你，我中的你，
一个问题，适于教授们的
灰色性。让我从中感觉一下：
我们，但是各自独立，
不是婚姻的成对的标志，
那会让两者窒息，——
一种禁闭的孤独的
标志："第聂伯河水是否
已漫过了你？"犹太人哀泣
伴着齐特拉琴："我真变聋了？"
这里，一些事物设定好了：
或是你让出

---

[1] 赫拉克勒斯，希腊神话中的大力神。

那个标志
让出生活本身——我恐惧地问——
或是,即使身处自由,
我也不再呼吸。

*

时间的围困,
那就是!莫斯科的斑疹伤寒
已完成……那是承受的
苦难,在肺的
石袋里。现在,检查
黏液。空气的大门
升起——从寄居地的
栅栏,从一场遇难。

*

母亲!你看它在来临:
空气的武士依然活着。
但是为什么这纯粹的空气
它自己——一种工具?

太空，铺展你自己吧

在这长翅的船下：它脆弱。

但是为什么这纯粹的光——

它自己——一种绞索？

无声而致命……现在——

别为领航员怜惜。

现在是飞行。

也不要把他的骨灰

裹进殓尸衣。

那条航行的轨道

是死亡，无甚

新奇。（那种搜索的

滑稽剧……失事？碎片？）

每一位空气的阿基里斯[1]

每一位！——甚至你——

不要去呼吸光荣，

往下，更深处的空气。

航行的轨道

是死亡，但在那里却是

---

[1] 阿基里斯（又译为阿喀琉斯），在希腊神话中，阿基里斯出生后被母亲倒提在冥河里浸过，因此除脚踵外，浑身刀枪不入。"阿基里斯的脚踵"成为致命弱点的隐喻。

新的开始……

*

光荣归于你,那俯瞰爆裂者:
我失去重量。
光荣归于你,那揭开屋顶者:
我失去听力。
太阳再次合并。我不再眯眼看。
一种精神,我不再呼吸。
泥土的躯体是死者的躯体:
地球引力失去。
明亮,比靠在云母海岸的船
更亮,
啊如此亮的空气;
稀薄——稀薄——更稀薄……
嬉戏的鱼儿的游动——
一只鲑鱼划出……
啊空气的流动,
它如何汇流!像猎狗
追逐于燕麦地,然后远去;
稀薄的头发,拂动,

比任何纤维和韭葱的

倒伏,更为倾空……

流动,伴着宝塔里

念珠和竹笛的音乐

一阵东方宝塔的嗒嗒声……

飞溅!继续流动……

为什么给赫尔墨斯[1]一双翅膀?

鳍:更宜于游泳。蓦地

一阵瓢泼大雨。彩虹女神[2]!

丝绸女王!

  一种舞蹈——

向上!一条逃出

伤寒病房的路。

首先,你的手指

失去触觉,然后是腿脚……

踩不到任何东西,而又比冰

更坚硬!所有缺席的法律:

首先,太空会拒绝

握持着你,

再说,你不被允许

---

[1] 赫尔墨斯,希腊神话中众神的使者。
[2] 彩虹女神(Iris),在荷马史诗《伊利亚特》中为神的信使。

拥有任何重量。水泉之神？仙女？
不，一个厨房花园的主妇！
身体没入水中，
古老的丧失。
（水风泼溅。
沙降下……）
就这样远离大地。
第三层空气虚无。

*

灰发，像透过祖先的
渔网，或祖母的银发
看见的——稀少。
稀少：比干旱季节的小米
更细小（它们的穗头
荒芜。）
多么刺人的空气，
比一把用来给杂种狗
梳毛的铁梳子
更锋利。这是能杀死情歌的
空气的细薄性。仿佛

第一次梦游中穿过的

(那鼾声的睡眠——我们刚刚滴落)

谵妄的交叉路口——

一种不可系住的细薄性,

啊空气是多么锋利

比剪刀或凿子

更锋利……刺进

痛苦,刺到底。

细薄性渗透了指尖……

心,仿佛穿过争吵时咬紧的

牙关——进入使徒半开启的

诵读信经的口型。

空气是如何在过滤,

比创作者的筛选

更仔细(淤泥潮湿——不朽的干):

比歌德的眼睛和

里尔克的倾听更凝神……(上帝

悄声低语,他的威力

畏惧……)

  筛选,也许,不只是

比最后审判的一刻

更严厉……

为什么怀着孩子
进入收获的疼痛?
……进入所有未碾磨的,
从所有高度坠落的
谷物……进入这些非犁铧
进入的犁沟。
——那来自大地的相互交流。
第五层空气是声音。

*

鸽子胸脯的雷声
从这里开始。
空气如何哼唱,
比新年——这被非法连根砍断的
橡树的呻吟
充满更多的回声。
空气如何哼唱,
比雄蜂新生的悲哀嗡嗡
或沙皇的致谢声充满更多的
回声……马口铁的崩落
比巨砾的滚动有更多回声,一支歌

在它张大的嘴中，比珍宝库

有更多回声。夜莺喉咙的雷声

从这里开始。

那座白雪神学院的

哀泣，铜一般的哼唱

——一个歌者的胸腔：

天堂之拱顶的上腭

或海龟竖琴[1]的背面？

空气如何哼唱，

比顿河充满更多回声，

比战场上的炸药更经久不绝，

一场盛典……它向下倾斜

比山的倒塌更使人畏缩，

它屈向声音的曲线仿佛屈向

非人类建造的底比斯的砌石[2]。

七——地层和涟漪。

七——神圣的七[3]。

---

[1] 海龟竖琴，在希腊神话中，赫尔墨斯用一个海龟壳制成了第一把七弦琴，并在后来把它送给了阿波罗。

[2] 底比斯，希腊古城。据希腊神话，在赫尔墨斯的琴声中，石头自行移动，筑起了这座众神之城。

[3] 神圣的七，"七"被视为宇宙秩序的体现：音乐的音调为七，彩虹的色调为七种，一个月为四周，每周为七天……茨维塔耶娃和里尔克在通信中都谈到他们最喜欢"七"这个数目。

七——竖琴的基础。
如果竖琴的基础是
七,那么世界的基础
就是琴声,就是底比斯的乡巴佬
所追随的神异的声音……
哦,现在,在这锅炉房里
身体,"轻于鸿毛"。
身体通过耳朵消失了,
成为纯粹的精神——
通过竖立的耳朵。
时间中留下的是文字。是纯粹的
耳朵或是声音移动了世界?入睡前
那一阵音调。狂喜的第一阵心跳。
在一场赤道的风暴中,
比洞穴充满更多回声,
在发作的癫痫中,比头盖骨
充满更多回声,
在肺中比胃中,充满更多回声……
但是不再有回声
在复活节的棺柩中……
    但是在停顿中
充满更多回声,力量的

间歇：甚至充满移动，

在停顿中；一辆蒸汽火车

停下，为了装载面粉……

通过神性的交换

以一个手势：

交换，以更好的空气交换。

而我不能说这是甜蜜的

停顿：它们是中转

从此地到星际——

这些停顿，心的

暂缓，出自肺：

嗐！——呼吸的

喘息，鱼的

挣扎，断续的

潮涌，蒸气下沉

在脉搏中破裂——那模糊的话音，

在停顿中：一个谎言，如果它说，

在喘气中……肺的

无底洞，关闭

被永恒……

   不必那样

说它。对一些人是死亡。

是空气断绝了
大地。现在——是太空。

*

心灵撕裂的音乐
一个标志,总是徒劳。
——完成。在空气的
煤气袋里经受折磨,
挣出,向上——
不需要罗盘!像父亲,
像儿子。那是遗传
被证明的一刻。
太空。完整的头脑:
出自碰撞。没有什么可分开它们:
头脑从肩膀上完成了
独立,从它们被排出
以来。地面是为了
高悬的一切。最终
我们就是你的,赫尔墨斯!
一种生翅心灵的
充分的准确的感知。没有两条路,

只有一条——笔直！
那就是，被吸入空间。
尖顶滴下教堂，
留给大地的日子。上帝并不
在日子中感觉，而是渐渐地
从残渣和废物中。弓弩一拉——
向上。不是进入灵魂王国
而是进入头脑占有的
自我领地。限制？征服它们：
那一刻，当哥特式教堂追上
自己的尖顶，——数一数它们
有多少——数的尖兵队！——
那一刻，当哥特式教堂尖顶
追上它自己的
意念……

> 1927年5月，写于林德伯格的日子，缪顿

书桌

（组诗选译）

1

我的书桌，最忠实的朋友，
　我要谢谢你。你跟我一起
走过了所有的路程。
　我的伤疤，我的守护。

我的负重累累的骡马！
　你的打战的蹄腿撑持着
我所有梦想的重量，还有
　摞成山的思想。

谢谢你　因为你使我坚韧。

没有任何世俗的欢娱可以
躲过你安置的监护镜
　你隔开一切外界的诱惑

和卑下的欲望，
　你沉着的橡木的重量
压过了吼叫的狮子，怨恨的
　大象　你截住一切。

谢谢你和我一起成长
　当我生命的幅度渐渐拓展
你让我伏在你的身上
　一年又一年　不知不觉

你变得如此辽阔和敞开
　完全制服了我。是的，
无论我的嘴怎样张开
　你都在向外延伸　延伸

你要把我钉在你的木头上！
　我很高兴。我被追赶，
被撕破，在黎明的光线中

被捕获。你喝道：你这个

逃犯，回到你的椅子上！
　而我得谢谢你的监护
从你的祝佑中我再一次
　　伏下我的生命

像被巫师召回的梦游者！
　我在我的战场上燃烧。
你甚至用我的血来测定
　所有我用墨水写下的

诗行。你是光的柱石
　宝座。我的力量所在！
你引领我，犹如曾引领
　希伯来人的旷野灯火。

现在请接受我的祝福——
　当你身负重任，在胳膊肘、
额头、双膝的挤压下，仍以
　锋利的桌沿　顶住我的心窝！

2

三十年在一起——
比爱情更清澈。
我熟悉你的每一道纹理,
你了解我的诗行。

难道不是你把它们写在我的脸上?
你吃下纸页,你教我:
没有什么明天。你教我:
只有今天,今天。

钱,账单,情书,账单,
你挺立在橡树的旋涡中。
一直在说:每一个你要的词都是
今天,今天。

上帝,你一直不停地在说,
绝不接受账单和残羹剩饭。
哼,明天就让他们把我抬出去,我这傻瓜
完全奉献于你的桌面。

5

我的忠诚可靠的书桌,
我谢谢你成为一张书桌,
由一棵树干变为这张
桌子,挺立——如树一般活着!

以摇曳的叶子和枝条
拂过我的头顶,以湿润的树皮,
以满面流下的脂泪,
而把根深深扎入大地!

1933 年 7 月 17 日

我砍开我的血管

我砍开我的血管:不可遏制
不可回返的生命喷涌向前。
快接住你的盘子和碗!
很快,每只碗将会太小,
每个盘子显得太浅。
它漫过边沿并滔滔地
渗入黑色泥土,去滋养草木。
不可逆转——不可遏制——
不可回返,我的诗喷涌向前。

1934 年 1 月 6 日

这种怀乡的伤痛

这种怀乡的伤痛！这种
早已断了念头的烦人的纠缠！
反正我在哪里都一样冷漠
——孤独，完全孤独。

我是，犹犹豫豫地走在
从菜市场回来的路上，回到那个
家，那个看上去像是营房
我至今仍不知道是否属于我的地方。

我在人们中间也一样冷漠，
——一头被捕获的狮子，毛发耸起，
或是从栖身之地，从那房子
被排挤出来——命定如此地

进入我自己。堪察加的熊

不能忍受没有冰（我已精疲力尽了！）
我漠然，什么都无所谓，
甚至羞耻和屈辱。

而在这些日子，那时常对我唱歌的
家乡语言，也不再能诱惑我。
我不在乎用什么语言
也不在乎路人是否听得懂！

那些读了成吨的报纸然后
从每一条消息中榨取的人……
他们是 20 世纪的人，
而我——不属于任何时代！

我站立，一截树桩，远远地——
呆立在一条小径上，
一切都同样，我对一切——
都漠然，而最为漠然的——

是对那个恍若隔世的往昔。
所有的标记都被抹去了。
所有的日子——顿时消逝：

我的灵魂——诞生于无名之地。

我的出生地未能把我保护——
它只是到处搜索着我的灵魂,
不过,甚至连那最机警的侦探,
也不会发现那胎记!

每一个庙宇空荡,每一个家
对我都陌生——我什么都不关心。
但如果在我漫步的路上出现了一棵树,
尤其是,那是一棵——花楸树……

1934 年 5 月 3 日

我从不报复我自己

我从不报复我自己——从不……
但是有一个人我至今仍不原谅
从我睁开眼睛——到我的棺材盖合上
上帝知道,我不会谅解和妥协
我至死也不会给他以借口……
——这样的男人是否值得我这样?
——我徒劳地与无人搏斗,不是某个单独者。
但是有一个人我仍不原谅:为了所有。

1935年1月26日

时代不曾想着一个诗人

时代不曾想着一个诗人,
而我们对他也不留意。
上帝和他在一起,以喧嚣和雷声,
他从未在我的时代出现!

如果时代没有时间为先驱者,
我也没有时间为后来的子孙。
我的时代是我的灾祸,是对我的剥夺,
我的时代是我的死敌。

接骨木

接骨木充满了整个花园!
接骨木翠绿,翠绿,
比木桶上的霉菌更绿!
比初夏的来临更绿!
接骨木——蔓延到日子尽头!
接骨木比我的眼睛更绿!

而随后——一夜之间——燃起
罗斯托夫[1]之火!一片沸腾的红色
从接骨木那不断冒泡的颤音。
苍天,无论什么时候,它都比
一个人身上的麻疹更猩红!
接骨木,那倾吐和溃败的

---

[1] 罗斯托夫,法俄战争期间莫斯科市长。1812年拿破仑率军攻占莫斯科期间,据说是他布置了"放火烧城"的计划,并导致了法军的撤退。

麻疹——直到冬天，直到冬天！
那些小小的浆果竟比毒药
更甜蜜，怎样的颜料在溶化！
那种红布、漆蜡和地狱的
混合，无数念珠的闪光，
鲜血被烘烤时的气味。

接骨木还在被摧毁，被摧毁！
接骨木，你的整个园地充满了
年轻、纯洁的血，
那火焰的枝条的血——
欢愉奔涌和迸溅的血——
你的和我的，青春的血……

而在后来——果粒的瀑布垂下，
而在后来——接骨木变黑：
那杨梅一样的东西，黏稠的东西，
越过栅栏门，像是提琴的哀吟，
靠近这座荒芜的房子，
一簇孤零的接骨木树枝。

接骨木，你和我都已

近乎发疯,为了那串念珠!
草原——给蒙古人,高加索——给格鲁吉亚人,
给我——这窗下的接骨木树丛,
给我——取代艺术宫殿的,唯有
这丛伸过来的接骨木树枝。

我的国度的新来者——
来自接骨木的浆果,
来自我殷红的童年饥渴,
来自这树丛,来自这词语:
接骨木(直到这一天——在夜里……)
你的毒——被吸进了眼中……

接骨木血红,血红!
接骨木——整个家园在你的
指爪下。我的童年在你的淫威中!
接骨木,在你与我之间,
似有一种犯罪般的激情,

接骨木——我真想以你来命名

世纪病……

1931—1935 年

想一想另外的人……

想一想另外的人,另一个
独一无二,我仍未看清的面目,
一步接一步,我在花园里挥剪——
那一枝枝的罂粟,罂粟。

就那样,在某个干燥的夏天,某一天,
在我经过的黑暗田野的边缘,
我自己的头也将被采摘走
被死神的———只毫不在意的手。

1936 年 9 月 6 日

致捷克斯洛伐克的诗章[1]

（组诗选译）

6

他们掠夺——迅速，他们掠夺——轻易，
  掠夺了群山和它们的内脏。
他们掠夺了煤炭，掠夺了钢铁，
  掠夺了我们的水晶，掠夺了铅矿。

甜糖他们掠夺，三叶草他们掠夺，
  他们掠夺了北方，掠夺了西方。

---

[1] 茨维塔耶娃曾在捷克斯洛伐克居住过三年多（1922—1925），视之为第二故乡，移居法国后也念念不忘。1938年9月捷克斯洛伐克苏台德省被德、匈、波三国瓜分，1939年3月，整个捷克斯洛伐克被法西斯德国占领。诗人对此感到震惊和愤怒，于1938年10月—1939年5月创作了这组诗。

蜂房他们掠夺，干草垛他们掠夺，
　　他们掠夺了我们的南方，掠夺了东方。

瓦里——他们掠夺，塔特拉——他们掠夺。
　　他们掠夺了近处，然后向更远处掠夺。
他们掠夺了我们在大地上最后的乐园，
　　他们赢得了战争和全部疆土。

子弹袋他们掠夺，来复枪他们掠夺。
　　他们掠夺了手臂，掠夺了我们的同伴。
但是我们站立——整个国家站立，
　　只要我们的嘴里还留着一口"呸"！

8

是怎样的泪水在眼眶里
打转，带着愤怒和爱。
捷克斯洛伐克在哭泣，
西班牙躺在它的血泊中。[1]

---

[1] 1939年3月西班牙共和国被佛朗哥叛军摧毁。

是怎样的黑沉沉大山
遮住了我们的眼睛。
是时候了,是把通行证归还
给上帝的时候,是时候了:

我拒绝——存在。
在这非人的疯人院里
我拒绝——生活。
在这狼群的市场里

我拒绝——号叫。
在这些平原的鲨鱼中
我拒绝游动——以移动的脊背
去追逐潮流。

我既不需要耳朵
去听,也不需要眼睛去看,
对你这疯狂的世界
只有一个回答——我拒绝。

1938 年 10 月—1939 年 5 月

"是时候了！对于这火焰我已太老！"

"是时候了！对于这火焰我已太老！"
"但是爱欲比你更古老！"
"所有五十个年头拥有的山！"
"但是爱欲比那座山更古老。"

像蛇一样古老，像植物一样古老，
比利万的琥珀古老，
比所有的幽灵船古老，
比海古老，比石头古老……
但是一年又一年，比起在胸中挤压的苦痛——
爱，你还算不上什么，算不上什么！

1940 年 1 月 23 日

"我在餐桌上摆下六套餐具"[1]

我仍在掂量它的含义,仍在
不停地重复这第一句诗:
"我在餐桌上摆下六套餐具……"
但是有一个人你给忘了。

现在,你们六个都不快乐。
脸上似有雨水流下。
你如何面对这样一张桌子
而忘掉了一个——那第七个?!

---

[1] 该诗很可能是诗人生前最后的一首诗。诗题引自诗人阿尔谢尼·塔尔科夫斯基一首诗的首句。塔尔科夫斯基的这句诗,很可能是对阿赫玛托娃的"桌子上摆着六套餐具,只有一个位置是空的"(《新年谣曲》)的回应。茨维塔耶娃从巴黎归国后和塔尔科夫斯基认识,对他也很抱期待。不过,她的这首诗虽然由此引发,写出的却是她长久以来的孤独感和被挤排感,以及她对这个世界灵魂缺席的沉痛。诗中的"第七个"也出自诗人一贯的理念:在她看来,"七"代表神性和灵魂,在早年的诗《普绪克》中她曾写道:"我回来了!——我是你的／第七日……你的激情你的七重天!"而在这首诗中,普绪克——古希腊神话中灵魂的化身,化为了一个痛苦而无形的、不请自来的"第七个"。

水晶酒罐在桌子上静静立着,
客人中无人伸手去碰。
他们很悲哀,你也很悲哀,
而最悲哀的是那被遗忘的一个。

没有欢声没有笑语。
哦,你们既不吃也不喝。
你怎么能忘掉了这一个?
你怎么会在点数时出错?

你怎么会,竟然不明白
这六个(两个兄弟,第三个——
你自己,妻子,父亲和母亲)就是
七个——难道我就不活在世上?

你把六个人的餐具摆上餐桌,
似乎有了这六个世界就会存在。
好吧,比起在活人中做个摆设
我更宁愿做一个幽灵——陪着

你们……像小偷一样羞怯,

哦，我不会去碰什么除了灵魂！
坐在没有银餐具的位置上，
我，一个无人打招呼的第七个。

而一下子！我掀翻了酒杯！
所有被压抑的都泼将出来——
那夺眶而出的泪，伤口的血——
从桌布——溅落到地板上。

而——没有死亡！没有——辞别！
摆脱了魔法，屋子醒来。
就像死魂灵——赶赴一场婚宴，
我——作为生命，就坐在桌子旁。

而我将继续责怪，不为任何人——
不为兄弟，丈夫，儿子或朋友；
"你，在餐桌上摆下六套餐具，
却没有给我留下最后的位置。"

　　　　　　　　　　1941年3月6日

编译后记

我曾在《承担者的诗：俄苏诗歌的启示》(2007年)一文中这样写道："曼德尔施塔姆、阿赫玛托娃、茨维塔耶娃、帕斯捷尔纳克等诗人，对近一二十年来的中国诗人具有特殊的意义。我们不仅在他们的诗中呼吸到我们所渴望的'雪'，而且在某种程度上，正是通过他们确定了我们自己精神的在场。我甚至说过这些诗人'构成了我们自己的苦难和光荣'。显然，这不是一般的影响，这是一种更深刻的'同呼吸共命运'的关系。"

在《新年问候：茨维塔耶娃诗选》译者序文（2014年）中我还这样写道："多少年来，茨维塔耶娃、帕斯捷尔纳克这几位俄苏诗人一直伴随着我。在我的生活和写作中，他们一直是某种重要的在场。有时我甚至感到，他们是为我而活着的——当然，反过来说也许更为恰当。"

这就是为什么这么多年来我一直在阅读和翻译他们。

我曾乘坐游船在圣彼得堡的运河间游览，那纵横于河道、桥梁和街区上空的一道道电线，对我来说，仿佛仍在传递着曼德尔施塔姆他们的那令人战栗的声音。

我也曾在科马罗沃高耸的松林间，在阿赫玛托娃简朴的墓碑前，立下我这一生不多的誓愿。

而面对着帕斯捷尔纳克在莫斯科郊外故居的松木书桌，我感到一炷幽暗年代的烛火又为我重新燃起……

就在茨维塔耶娃童年生活的塔露萨，当我走向奥卡河边，几乎是含着泪把手伸向那清澈涌来的水波中时，我知道我是在还愿，不仅是为了一位伟大的悲剧女诗人，也是为了我们自己……

我不是一个职业翻译家。我的翻译首先就出自这种爱，这种生命的不断地呼唤……

这些都不用再多说了。至于为什么把四位诗人放在一起，不仅因为他们都是我所热爱和崇敬的诗人，他们以各自的创作代表了俄苏诗歌乃至世界现代诗歌的至高成就，更重要的是，他们分担了共同的命运，以至于我们很难把他们分开。从很多意义上，他们是一个整体，他们共同构成了一个神圣家族。或者用布罗茨基的一句话说，"他们一起覆盖了整个诗意的宇宙"。[1]

就实际生活和创作而言，这四位 20 世纪俄罗斯伟大诗人也很难分开。我们知道，这四位诗人在起初分属于两个不同城市（彼得堡与莫斯科），两个不同的诗歌圈子。在同时代诗人中，阿赫玛托娃和曼德尔施塔姆最为亲近，而帕斯捷尔纳克和茨维塔耶娃则是"另外一对"。他们彼此之间都保持着某种距离。但是，

---

[1] 引自《布罗茨基谈阿赫玛托娃》（与沃尔科夫的谈话录），见《没有英雄的叙事诗：阿赫玛托娃诗选》（王家新译，花城出版社 2018 年）附录。

一种共同的命运和心灵认知,渐渐把他们推到了一起。

曼德尔施塔姆与阿赫玛托娃的关系很特殊,在方方面面,他都完全信赖和依靠这位朋友。本集中收录的他写给阿赫玛托娃的诗,起码有四五首,其中最重要的是《请永远保存我的词语》。在1931年写给阿赫玛托娃的这首诗中,预感到大难临头的诗人一开始就发出了这样的请求:

请永远保存我的词语,为它们不幸和冒烟的余味,
它们相互折磨的焦油,作品诚实的焦油。

"请永远保存我的词语",而阿赫玛托娃和诗人的遗孀娜杰日达以及沃罗涅日的"新劳拉"娜塔雅·施坦碧尔[1]都接受了这神圣的委托。

阿赫玛托娃写给曼德尔施塔姆的诗,至少有《沃罗涅日——给奥·曼》《一点儿地理——给奥·曼》,以及组诗《手艺的秘密》中的《致奥西普·曼德尔施塔姆》("我们的影子舰队迎风破浪;/它们越过涅瓦,越过涅瓦——/而激溅的河水拍击在城市台阶上,/那就是你通向永恒的通行证。")。

---

[1]娜塔雅·施坦碧尔为曼德尔施塔姆在流放地沃罗涅日认识的朋友,在曼德尔施塔姆死后,她曾冒着风险保存了诗人的大量手稿。据施坦碧尔对人说,在曼德尔施塔姆遗失的信中,她被称为"新劳拉"。"劳拉"为意大利14世纪诗人彼特拉克著名的爱情抒情对象,被称为"女神劳拉"。曼德尔施塔姆翻译过彼特拉克的诗。

说来奇怪但又"合乎逻辑",茨维塔耶娃和曼德尔施塔姆曾有过短暂的爱情关系(见《没有人会失去什么》),但她终生的精神支撑之一是帕斯捷尔纳克的存在。《电线》是她在捷克斯洛伐克流亡期间写给帕斯捷尔纳克的一组诗,它有点像新时代的俄耳甫斯和欧律狄刻神话。而在这之后她与帕斯捷尔纳克和里尔克的"三诗人通信",对她更是一种诗的激发。1926 年夏她在法国完成的《房间的尝试》,首先就与帕斯捷尔纳克"在梦中的出现"有关。在长诗的最后,当灵魂之爱冲破现实的障碍,还出现了这一名句:"靠一条破折号,诗人把一切//连接在一起……"

至于对阿赫玛托娃,茨维塔耶娃早年就写过献给她的组诗,既作为赞赏者,又作为挑战者(见《致阿赫玛托娃》)。她在 1921 年创作的长诗《在一匹红色骏马上》,序诗中的"没有缪斯,没有黑色发辫,没有念珠",就带有某种生命和美学宣言性质,因为这几样东西几乎就是阿赫玛托娃的象征。当然,说这首诗带有挑战性质,也许夸大了一些,但这两位女诗人之间,显然有一种相互的秘密的激发。

如果说茨维塔耶娃是好动的,阿赫玛托娃则是最富有耐性的。1939 年茨维塔耶娃从巴黎归国后和阿赫玛托娃曾有过一次会面,会面时还特意送给了阿赫玛托娃她自己最看重的一首长诗《空气之诗》的打印稿。茨维塔耶娃在期待着回应,而阿赫玛托娃的回应则是在次年写下的《推迟的回答》一诗。该诗写得克制而又动情,它直接书写了一种"归来者"(茨维塔耶娃)无家可归的悲剧命运。就在阿赫玛托娃写作该诗的第二年，茨维塔耶娃自杀于俄罗斯的一个小城。这首不无悲痛的诗，其实已预言了这一切。

这样，自曼德尔施塔姆1938年年末死于押送至远东集中营的中转营里、茨维塔耶娃1941年8月31日自杀于鞑靼自治共和国的叶拉布加市之后，阿赫玛托娃和帕斯捷尔纳克就成为他们那一代诗人中的"幸存者"。

关于这类意义上的"幸存者"，曾经历过纳粹恐怖时期、有过艰辛逃亡经历的德国著名诗人、戏剧家贝托尔特·布莱希特，在后来曾写过这样一首《我，幸存者》：

我当然知道：这纯属运气
在那么多朋友中我活了下来。但昨夜在梦中
我听到那些朋友这样谈论我："适者生存"
于是我恨起我自己。

帕斯捷尔纳克当然不曾读到这首诗（布莱希特的诗大多在他1956年死后才陆续出版），但这种作为"幸存者"的悲痛和愧疚感，其实一直在折磨着他。他曾写过给茨维塔耶娃的一首诗《致M.T.》，调子还算比较"积极"，但随着命运的加剧，他的诗不得不承担起事物的沉重，这在他的《致安娜·阿赫玛托娃》一诗中明显体现出来："不，不是盐柱，是你五年前用韵律固定住的／罗得妻子的形象，蒙眼而行，/ 为我们克制住回头看的恐惧。"至于他后来放下抒情诗的写作，用全部心血创作长篇小说《日瓦戈医生》，在很多意义上，就是一种"还债"行为：还历史的债，良心的债，那些一个个死去的诗人和友朋的债。

而在这四位 20 世纪俄苏伟大诗人中，阿赫玛托娃不仅活得最长，也担当起了一个哀悼者和铭记者的职责。她似乎生来就是一位为"记忆"而准备的诗人，而历史又注定把这位"咬紧瘀血的嘴唇"的"先知"，变成了一个不断为亲人缝制殓衣的人（见《他们用雪擦拭你的身躯》）。当生命之爱遭到破灭，或一再蒙受时代的羞辱，那永远的勃洛克或是曼德尔施塔姆，就会为她出现，而她至死也会和他们守在一起：

在记忆里，犹如在一只镂花箱柜里：
是先知的嘴唇灰色的微笑，
是下葬者头巾上高贵的皱褶，
和忠诚的小矮人——一簇石榴树丛。

这是诗人在 20 世纪 40 年代写下的一首名诗。那时候，她的亲友们大都亡故，圣彼得堡也早已更名为"列宁格勒"。但是，打开这只隐秘的"镂花箱柜"，是她生命的最珍贵记忆，甚至"是先知的嘴唇灰色的微笑"，而一簇石榴树丛，也因之成为"忠诚的小矮人"——附带说一下，这个意象和原诗在字面上有出入，但是，这不正是阿赫玛托娃想要表达的？

因为布罗茨基那篇介绍长文[1]，阿赫玛托娃在中国很多读者的心目中成了"哀泣的缪斯"的化身（其实，按布罗茨基文章的原题"The Keening Muse"，应译为"哀哭的缪斯"，它要更强烈些）。为什么"哀泣"？为苦难的命运，也为一个个不幸死去的诗人。我们要知道，"哀泣的缪斯"这一称呼其实最早来自茨维塔耶娃（见阿赫玛托娃《科马罗沃速写》诗前引诗）。这又让我联想到曼德尔施塔姆《哀歌》中的名句："女人的哀哭混入了缪斯的歌唱"。这混入了哀哭和血泪的缪斯的歌唱，才是那个时代最真实的歌唱！

不管怎么说，在阿赫玛托娃晚期的许多诗中，都有着这样一个如她自己所说的"不可见的（悲剧）合唱队"（诗人自己在《没有英雄的叙事诗》的前记中曾声称"这个不可见的合唱队是这部作品永久的保证"[2]）。阿赫玛托娃是有耐性的，但也是富有勇气的（"我们知道此刻什么被放在天平上"，见《勇气》）。1936年2月，她不仅毅然前往沃罗涅日探望流放中的曼德尔施塔姆夫妇，还写下了《沃罗涅日》这首名诗，诗的最后四句："但是，在流放诗人的房间里，/恐惧与缪斯轮流值守，/夜在进行，/它不知何为黎明"。它成为对那个时代诗人命运最精准的概括，并且具有了预言般的意味。

---

[1] 指布罗茨基的《哀泣的缪斯》，见约瑟夫·布罗茨基诗文集《从彼得堡到斯德哥尔摩》，王希苏、常晖译，漓江出版社1990年。

[2] 见《没有英雄的叙事诗：阿赫玛托娃诗选》，王家新译，花城出版社2018年。

而在次年所写的给曼德尔施塔姆的《一点儿地理》中，阿赫玛托娃以更富有想象力的方式，书写一种"存在的地形学"，一种共同的流亡命运。她想象和曼氏一起辗转流放，经由叶尼塞斯克（"像是在中途换了车"），再到赤塔，穿过斯沃博德内边区，最后又回到了他们苦难的家乡城市圣彼得堡，回到如今这个"散发着腐尸恶臭的铺位"：

所以对我来说这座城市
在子夜里，有一种苍白的蓝——
这座城市，被第一流诗人赞美，
被我们这些罪人，被你。

诗中充溢的，是一种"痛苦的交集"。在我看来，这是一首"负罪诗人"命运的悲歌，但也是一首最深沉、崇高的赞歌。诗的最后指向了"你"，指向了作为伟大诗人的曼德尔施塔姆。

至于对帕斯捷尔纳克，阿赫玛托娃当然很赞赏，甚至羡慕，但也保持着微妙的距离，这不仅因为在她看来他比曼德尔施塔姆和她自己都要"过得好"，甚至一度被官方视为苏联的"第一诗人"，也因为其他一些复杂的原因。1936年，她曾以"帕斯捷尔纳克式的文体"，写有一首给帕斯捷尔纳克的诗，诗的最后是："他被授予了永恒的童年奖，/在慷慨和光辉的星辰映照下"（见《鲍里斯·帕斯捷尔纳克》）。这是全然的赞美吗，抑或还暗含了某种讽刺?

不过,虽然阿赫玛托娃在内心里一直很苦涩,但她也日益看重在帕斯捷尔纳克身上体现的那些伟大诗人的东西。1960年5月下旬,同在医院接受治疗的她忽然有一种感觉,感到她应该去看看帕斯捷尔纳克,只是因为帕氏的病情恶化未被医生允许进入病房。隔天,就传来了帕斯捷尔纳克的死讯。据她的朋友回忆,在那一瞬,阿赫玛托娃泪水盈眶,被悲痛久久控制。

帕斯捷尔纳克的离去,使阿赫玛托娃顿时意识到俄国失去了什么,在她自己的生活中失去了什么,而那是一种比亲人更为骨肉相连的东西。1960年6月11日,帕氏逝世不到二周,已过七旬的阿赫玛托娃在医院里抱病写出了她的哀歌《诗人之死》。诗中不仅有"昨天无与伦比的声音落入沉默,/树木的交谈者将我们遗弃。/他化为赋予生命的庄稼之穗,/或是他歌唱过的第一阵细雨"这样的动情赞颂,还有对她自己的描述:"而一棵孤单的椴树发了狂,/在这丧葬的五月迎风绽放"。是的,诗人之死唤醒和照耀着另一位诗人,使她开出了自己最不可思议的花朵。

如果说《诗人之死》是阿赫玛托娃为她那一代最后一个光辉的诗歌灵魂送别,而在之后,她真的如她自己的诗所说的那样,已活到"没有人可以伴哭,没有人可以一起回忆"的境地。1961年11月,在寂寞的暮年,在曼德尔施塔姆、茨维塔耶娃、帕斯捷尔纳克相继离开人世的巨大荒凉中,阿赫玛托娃写下了《科马罗沃速写》这首诗,诗前即引用了茨维塔耶娃生前那句写给她的

诗"啊哀哭的缪斯":

> ……我在这里放弃一切,
> 放弃所有来自尘世的祝福。
> 让树林里残存的躯干化为
> 幽灵,留在"这里"守护。
>
> 我们都是生命的小小过客,
> 活着——不过是习惯。
> 但是我似乎听到在空气中
> 有两个声音在交谈。
>
> 两个?但是在靠东的墙边,
> 在一簇悬钩子嫩芽的纠缠中,
> 有一枝新鲜、黑暗的接骨木探出
> 那是——来自玛丽娜的信!

　　诗中的"两个声音",显然指曼德尔施塔姆和帕斯捷尔纳克,他们的声音不断地在诗人的生命记忆中响起,而接下来,还有玛丽娜不死的魂灵送来的问候——一串新鲜、黑暗的接骨木树枝!(因此有的英译本把该诗译为"我们四个")。看来,阿赫玛托娃写这首诗,不限于寂寞晚年"空气中的交谈"和回忆,也是在

"召魂"——为她那一代最光辉、亲近的几个灵魂!

因此,编译这本四人诗选,就是我向这几位伟大诗人的最集中的一次致敬。

这种致敬,在布罗茨基为阿赫玛托娃百年诞辰所作的《纪念安娜·阿赫玛托娃百年诞辰》一诗中达到一种极致,而且它的意义,也绝不限于纪念阿赫玛托娃一位诗人:

火焰与纸页,刀剑与斩断的柔发,
谷粒与磨坊,喧嚣与低语——
上帝留存一切,尤其是爱和怜悯的
词语,他仅仅凭此发出声音。

在那里面脉搏撕裂,血流鞭打,
铁锹均匀的铲击,被引向新的诗韵,
生命如此独一,那从必死嘴唇上
发出的,比神圣棉絮下的更清晰。

啊伟大的灵魂,一个跨越海洋的
鞠躬,向你,是你找到了它们,
找到了沉睡在你故土中的焖燃部分,
是你让聋哑的宇宙有了言说的能力。

最后要说明的是，该选集中的译诗，基本上是从我已出版的《新年问候：茨维塔耶娃诗选》（花城出版社 2014 年）、《我的世纪，我的野兽：曼德尔施塔姆诗选》（花城出版社 2016 年）、《没有英雄的叙事诗：阿赫玛托娃诗选》（花城出版社 2018 年）中精选的，其中有一些译作及诗的注释都有所修订。在阿赫玛托娃诗选中，还各增添了数首新译。

我对这几位俄苏诗人的翻译是依据于英译本翻译的。在翻译过程中，参照了多种不同的英译本及研究资料，并得到了几位研究和翻译俄罗斯文学的朋友的切实帮助。多年来我和很多中国诗人一样，关注于俄罗斯诗歌的译介，但我们仍有很大的不满足。这种不满足，从根本上，如按本雅明在《译者的使命》中的话讲，乃是出于对"生命"的"不能忘怀"，出自语言本身"未能满足的要求"。

这里我还想说，我的翻译本身，也同样受到来自阿赫玛托娃、曼德尔施塔姆、茨维塔耶娃、帕斯捷尔纳克的翻译观和翻译实践的激励。他们是杰出的诗人，也都是不同寻常的译者。曼德尔施塔姆认为他自己"诞生于罗马"，他的创作和翻译（比如阅读奥维德和翻译彼特拉克）就是一种生命的"辨认"；阿赫玛托娃认为翻译就是"两个天才之间的合作"；茨维塔耶娃认为是要与那些"千人一面"的翻译进行斗争，要找到那"独特的一张面孔"；而帕斯捷尔纳克对莎士比亚的激动人心的翻译，不仅刷新了原作，也让哈姆雷特成为与他"同呼吸共命运"的"同时代人"。

而这四位诗人，同任何伟大的诗人一样，也都是为翻译而存在的诗人。他们一直关注翻译，也期待着卓越的不同寻常的翻译。这里，是曼德尔施塔姆在其后期所写下的一首诗：

鞑靼人，乌兹别克人，涅涅茨人，
所有的乌克兰人民，
甚至伏尔加的日耳曼人，
都在等待他们的翻译。

也许就在这重大的一刻，
我感到有一个日本人正把我
译成土耳其语，
并深深地渗透进我的灵魂。

但愿这种"奇特"的翻译观，这种不同寻常的对翻译的期待，能够不断地召唤我们前行。

王家新

2023 年 8 月 8 日